神薙少女は普通でいたい

壱

もくじ

一章 …… 八
閑話　西山弓子の場合 …… 一〇〇
二章 …… 一三九
閑話　とあるソフトボール部員の場合 …… 一三九
閑話　田の神の場合 …… 二一七
書き下ろし　メイドさんは秘密にしたい …… 二七二
あとがき …… 三〇四

尋常《よのつね》ならざる可畏《かしこ》きものたち。

鳥獣《とりけもの》木草《きぐさ》のたぐい、海山など、その他何にまれ、尋常ならずすぐれたることのありて、可畏き者を神と伝《い》う。

尊きこと、良きこと、功《いさお》しきことなど優れたるのみを云うにあらず、悪しきもの、奇《あや》しきものなども世にすぐれて可畏きをば、神というなり。

ゆえに、古来より荒ぶる神魔魍魎《しんまもうりょう》を、時に封じ、時に鎮め、時に癒し、時に祓《はら》うものあり。

人の身でありながら神威《しんい》を畏れず、悪神百鬼と渡り合いたるその者たちを、徒人《ただびと》は畏れと敬意を以て神薙《かんなぎ》と呼ぶ。

一章

ああ、なんて最悪だ。

暗闇に包まれる人っ子一人いない公園の、これまた人気《ひとけ》のない物陰で、わたし、水守依夜《みなもりいよ》は深く長くため息をついた。

春の宵だというのに、空気はいやにぬるく感じられて、なのに背筋がぞわりとするような冷気を帯びている。

極め付きは、生臭いような、吸い込めば肺まで腐りそうな瘴気《しょうき》があたり一体に漂っているのだ。

普段のわたしなら、即座に回れ右で脱兎のごとく逃げ帰っている環境だった。

唯一の救いは月が綺麗なことか、と、夜空にぽっかりと浮かぶ月を見上げた。

満月には少し欠けていて、でもオムレツみたいにふっくらとしたその月は、居待ち月とも言ったっけ。

まさに今の自分にふさわしいな、と冴えた光をぼんやり眺めていれば、後ろから話しかけられた。

「ぬしよ、まだ踏ん切りがつかぬか」

「……当たり前じゃない」

低く深い、寂《さび》のある美しい声に、現実逃避から戻ったわたしが振り返れば、そこにいるのは今回の事態の元凶だった。

宵闇の中でもくっきりと見える奴は、その声を裏切らない綺麗な男の姿をしていたけれど、それすら恨めしさが増すばかりだ。

長身を墨色の着物に包み、余裕たっぷりに袖に手を入れているのも、艶《つや》やかな闇のような黒髪を無造作に遊ばせているのも実に様になる。

その蠱惑《こわく》的な凄まじい美貌も人じゃないから当たり前かと思いつつも、こっちの胸中を知った上で愉快げに口角をあげているのが憎々しかった。

恨めしくにらめば、奴はその赤い瞳をゆるりと瞬《またた》かせた。

「別にわしはかまわぬが、あまり猶予はないぞ」

「わかってるっ。やればいいんでしょやれば！」

わたしは腹いせに持っていたスクールバッグを奴に押しつけて、手のひらに握っていた赤と黒の組み紐をさげ持った。

その先にはクルミくらいの大きさの、銀色の鈴がついている。

これをやったら、もう後戻りは出来ないだろう。

泣きたい。ほんとに泣きたい。

それでもわたしは、手首をしならせ、鈴を振った。

ろん。

どれだけ乱暴に扱われても鳴らなかった鈴が、染み渡るように鳴り響く。

瞬間、鈴から強烈な光があふれ出してぎょっとした。

月の光よりも冴えたそれに思わず目をつぶると、清涼でいて暖かい空気に体が包み込まれ、周辺の穢《けが》れによって感じていた重だるさが一気に押し流されていく。

そうして、光が収まったのを感じて、恐る恐る瞼を開ければ、満足げに笑む奴がいた。

「うむ、やはりわしの目に狂いはないのう」

奴の赤の双眸が、わたしの頭のてっぺんから足先までをなめるように動くのが見えて、かあっと顔が熱くなるのが自分でもわかった。

心臓はどくどくと跳ね回るし、むずがゆさと居心地の悪さは極め付きで、覚悟していたとはいえ恥ずかしさで死にそうだ。

少しでも気を紛らわすためにぎゅっと握りしめたのは、さっきまで着ていた紺色のブレザーではなく、たっぷりフリルがあしらわれた真っ白なエプロンだ。

制服だったはずのわたしの服は、赤を基調とした着物のようなワンピースになっていた。

衿《えり》や袖なんかはしっかり着物なのに、膝まであるスカートはふんわりと広がっていて、腰は帯ではなく黒いコルセットできゅっと締められている。

この上なく不思議な意匠なのだけど、生地はかなり良いものを使っているようで、肌触りのよさが生意気だった。

スカート周りには白いエプロンがゆらめき、頭にはフリルカチューシャがのっかっているはずで、足下はどこかレトロ感漂うブーツで固められているはずだ。

要するに十五年という人生の中で全く縁もなければ脈絡もない服装なのだけど、名前だけは事前に聞かされていた。

そう、確か……

「うむ立派な和メイドさんだ。どこに出しても恥ずかしくないな」

「十分恥ずかしいわよ、こんなふりふりふりひらひらな服！」

「なにを言うておる。ほれこの通り、ふりふりがよう似合っておるではないか」

「みゃっ!?」

ナギが腕を振ったとたん、にじみ出るように現れた姿鏡にわたしの惨状が余すところなく映り込んでいて、変な悲鳴しか上げられなかった。

さっきまで三つ編みだったはずの髪は、高い位置でポニーテールになっていて、フリルカチューシャと共に大きなリボンで飾られていた。

そのうえ長いはずの前髪まで目元が見えるように整えられていて、化粧まで施された自分の顔とばっちり目が合い、みるみるうちに涙目になった。

改めて見てしまえば、自分が身につけている和メイド服はよく出来ていた。

深い色合いのワンピースとそれに栄えるような真っ白いエプロンのコントラストは鮮烈だし、さらにふんわりと広がった裾が身じろぎするたびにふわりふわりと揺れるのは可憐ですらある。

人形や十歳くらいの女の子が着るならきっと普通にかわいいと思う。それは認めよう。

だからこそ、高校に上がったわたしにとって心情的にかなりきついのだ。

そんなかわいらしい仮装が似合っているって、つまりわたしが小学生に間違われる童顔だって言われているようなもので、手放しで喜べるわけがない！

「やっぱりほかにないの!? これ以外に何かっ」

鏡に映る情けない自分を見ていられなくて、鏡を支えている奴に訴えれば、赤い瞳を不思議そうに瞬かせた。

「だが、着ると言ったのはぬしだぞ」

「それはっ……」

あんたが着ないと力を貸してくれないって言うから！ と文句が出かけるのをぐっと我慢した。

確かに着ると言ったのはわたしなのだ。でもこれはあんまりだ。

「と言うかあんなに光が出るなんて知らなかった！ ほ、ほかの人に気づかれたらどうするの!?」

「見える者にしか見えん光だ、安心せい。それに変身時の発光はお約束なのだ。本当は音楽も入れたかったのだがのう」

「そんなの入れなくていい！」

「ところでぬしよ、試しに『お帰りなさいませ、旦那様』と言うてみぬか？」

わたしの抗議も無視し、奴は赤の瞳を輝かせてのたまった。

ああ本当にこいつはひどい。いろいろとひどい。

わたしは盛大に顔をひきつらせながら、どうしてこうなったのかと、現実逃避に今までのことに思いを馳せた。

☆

春休みも終わりに近づいたその日、わたしは都心から離れた場所にある水守《みなもり》本家に帰っていた。

とはいえ、小さなころからなじみはあれど、ここ数年間で数回も帰らない……いや、よりつかせてもらえない場所だ。

一応実家なのだけど、ぶっちゃけ他人の家どころか公共機関並みに居心地が悪い。

それなのにどうしてのこのこ来ているかと言えば、当主であり、保護者でもある血のつながった祖母に呼び出されたからだ。

一応曲がりなりにも水守の末席にいる身としては、応じなければいけないわけで。

むしろどうやって断れとかいうレベルなので、仕方なく胃をきりきりさせながら来てみれば、勝手に入学する高校を決めたことに関する小言だった。

いや中学三年間ほぼ放っておいて何を今更とか思ったけど、ぐっと我慢して「もう決まったことなんだからあきらめろや」を二重三重に真綿にくるんだ感じで押し通したら引き下がってくれた。

……まあ、かなりびくびくしていたんだけど、わりとあっさりしてて拍子抜けした。

退魔科のある高校に入れたがっていたのを知っていただけにね。

でも祖母の部屋から遠ざかるにつれて、だんだんと顔がほころんでいくのが自分でもわかった。

やっとこれで解放される！　そう思えば、板張りの廊下を歩く足も自然と軽くなるものだ。

数寄屋形式で建てられた広大な屋敷には、さすがに退魔の古い家だけあって、本家の人間以外にも術者や弟子、それを支える使用人といった具合にかなりの人がいる。

こうして歩いている間も、白い小袖に浅葱《あさぎ》や緋色の袴をはいた人たちと何度もすれ違った。

時々、その間を縫うように飛んでいく紙の鳥や、顔に面を着けた異様に背の高い影のようなモノが大きな荷物を運んでいたりする。

誰かの式が作業を手伝わせているのだろうけど、これを見るのも今日で最後だと思うと、ちょっぴり感傷に……。


「おや、あれは本家の」

「とうとう芽が出なかったんだそうね」

「山奥で修行し続けても、発現したのは見鬼《けんき》の才能だけだそうだ」

「それも、厄介払いだったらしいな」

「結局一般の学校に通うらしい」

「姉君様は第一線で目覚ましい活躍をされているというのに」

「水守の出来損ないが……」

……浸るには少々陰口がうるさかった。

いつもならば胸の奥がざわりとささくれ立つ所だけど、今日ばかりは広い心でスルーするのだ。

だけど、自分が通う学校は、最高学府への現役合格者を毎年何人も送り出しているような進学校なんだけど、と胸の内だけで言い返す。

きっと彼らにはだから何だ、と言われるだろうけど。

彼らにとって重要なのは、霊力、ひいては退魔の能力だけなのだ。

水守《ここ》はそういうところだからしょうがない。

だけど、今なら彼らのさげすむような視線にすら、笑みを返せてしまいそうだ。

まあ実際は廊下の板の目に視線を落としているわけだけど、そういう気持ちで。

なぜなら、わたしは今日かぎりで、この家とほぼ縁が切れる。

そうして願って願ってやまなかった普通が、やっと手にはいるのだ。


水守は退魔の家系だ。

町の闇には魑魅魍魎《ちみもうりょう》が潜み、神社仏閣には神仏が静かに座す。

それは高層ビルが建ち並び、夜でさえも真昼のように照らし出されるようになった現代でも変わらない。

闇が深くなった分だけより多く陰の気が凝《こご》り、それに引き寄せられて悪しきモノが生まれてくるようになった。

そんな中、古来より荒ぶる神々を鎮め、悪しき行いをする狐狸妖怪《こりようかい》を祓うことを生業《なりわい》としてきた水守は、今でも退魔の専門家として健在だ。

神魔関連と思われる事件が起きれば、行政府に依頼されて密かに協力することも珍しくないのだから、わりとすごいのではなかろうか。

警視庁や主要都市の県警に出向している術者もいるし、本家の表玄関近くにある駐車場には黒塗りの車が当たり前のように止まっていて、控えの間まで秘書っぽい人とか、これ明らかにボディーガードだよね？　な人たちにお茶を出したこともある。

そんな水守の家に、小さいころに両親を亡くした姉とわたしは、唯一の肉親だった祖母に引き取られ、その霊力を見込まれて、退魔の術を学ぶべく日夜修行に励むことになった。

けれど、わたしにはかろうじて見鬼――人あらざるものの姿を見る才能はあっても、術者としての力はからっきしだったのだ。

一族の者であれば分家の小学生でも使える呪符にも力を込められず、悪しきモノを滅することはおろか、からかわれ、時には喰われかける始末。

姉が修行を始めてすぐ自在に呪符を扱えるようになって、式神すら作り出せたのとは大違いだ。

わたしは、それでも何とかなるんじゃないかと、はじめのころは思っていた。

だから本家を離れて水守の所有する山奥の霊場《れいじょう》に行くように言われたときも、黙って従った。

まあ、十かそこらで逆らうという発想も、行動力もなかったわけだけど。

それが本家に一縷《いちる》の望みをかけられたのか、厄介払いだったのかは謎だけど、限界集落としか言いようがないド田舎で、ずっと滝に打たれて祝詞《のりと》を唱える日々が三年ほど続いて、ようやく思い知ったのだ。

自分には、まるっきり才能がないのだと。

なにせ、彼らの言う呪符に霊力を込めるというのも、気力を練り上げるという感覚もいくらたっても全くわからなかったわけで。

同時に気づいた。このままじゃ未来がない。

盆暮れ正月に本家へ挨拶に来ていたわたしは、本家に出入りする術者たちが次第に冷ややかになっていくのを肌身に感じていた。

家に言われるがまま修行を続けて霊力が発現しないままだったら、わたしは本当にお荷物の厄介者になってしまう。

これからずっと、出来損ないだとそしられながら生きていくのかと考えるだけで息がつまった。

それよりも嫌なのは、わたしが隅っこにほっておかれるのが当たり前になっていることを、姉がとても申し訳なさそうにすることだ。

わたしに才能がないのは姉のせいではないのに、わたしが出来損ないなだけで、姉の足を引っ張ってしまう。

わたしと違って姉はとても優秀だ。

ああそうだ、わたしに対する陰口の中に「香夜《かよ》様の残された才能の滓《かす》に卑しくしがみつく小猿」というのもあったな。

言い方はともかく、まさにそうなのだと思う。

見えるだけの才能しか持たないわたしは、水守の家では全く以て意味がない。

でも、普通の人は退魔の才能なんてなくても生きていけるのだから、そのまねをすればいい。

普通なら、中学の後は高校に、受験をして大学へ行って、企業に就職するものだ。大学に行かなかったとしても高校卒業と同時に就職も出来るらしい。


なら、すべきは高校進学だ！

そう決意したのは十四の春。


決意するには遅かったけど、それでもわたしは課せられた修行の傍ら猛勉強をして学力を上げ、奨学金のある進学校一本に絞って冬の陣に挑んだ。

寝る間も惜しんで勉強していたから、時折訪ねてきてくれる姉にはとても心配されたけど、わたしはこれで人生をやり直すのだと決めたのだ。

姉に迷惑をかけたくなかったのもそうだけど、きっと自分にだってほかに出来ることがあるはずだ、と信じて。

結局姉も協力してくれて、保護者欄に名前を書いてもらうことが出来た。

合格通知を手にしたときは、人生最高の幸せを味わった気分になったものだ。

既成事実を作ってしまえばこちらのモノと思っていたから、祖母には合格通知書をもらうまで言わなかった。

だって普通の学校でなければ駄目だったのだ。

「水守」の名は裏の世界では有名だ。

関係者がいるなら、たとえ普通科に通っていようとわたしは確実に才能を期待される。あるはずのない才能に。

そうして最後に落胆されるのは、もう耐えられなかったのだ。

本家からは遠い場所だったから、学校近くにアパートを借りての一人暮らしだ。

むふふ、明日から、霊力とも退魔とも修行とも無縁な普通の生活を送るのだ。

めざせ、高校デビューだひゃっほい！

そうしてわたしは、浮かれながら荷物をおいてある部屋に帰ろうとしていたはずなのだけど。

数分後、自分の荷物の代わりに持っているのは、なぜか掃除用具の入ったかごと水の入ったバケツだった。

目の前にあるのは新旧様々な札の貼られた蔵だった。

山に抱かれるようにある水守の広大な敷地には、様々な建物が点在していて、ここもその中の一つだ。

何でこうなった、と思わなくはないけど理由は簡単。

途中で忙しく立ち回っていた巫女《みこ》さんの一人に、この蔵の掃除を押しつけられたからだ。

「まったく、帰るって言ってるのにどうして頼んでくるかな。そりゃあ、わたしだって巫女服姿だったけどさあ……」

ぶつくさと言ってみるけど、白小袖に垂髪《すいはつ》姿の巫女さんは掃除道具を押しつけるなり、嵐のように去って行ってしまっていた。

水守本家は実力社会だ。

現当主を頂上に「神薙《かんなぎ》」と呼ばれる術者。

次に、用人、巫女と呼ばれる術者を補助する者、その下に大部分の雑務に従事する使用人と来る。

大事なのは霊力で、退魔さえ出来れば、どんなに嫌な野郎でも一応は敬われるのだけど、妖《あやかし》が見えるだけのわたしは用人、いや用人以下なので文句は言えないのだ。

何せ見えるのがほぼ当たり前なので。

そんなの放り投げて、さっさと帰ってしまえばいいじゃないか、と思われるかもしれないけど、悲しいかな、わたしはそういう行動がとれるほど肝が太くない。

ついでに掃除を言いつけられた以上は、放っておくわけには行かない事情もあるわけで。

しょうがない、とさっさとあきらめたわたしは、新旧様々な札の貼られた重い鉄扉に手をかけた。

開けたとたん、埃が舞い上がり少しむせる。

空気にはカビっぽいにおいが混じっていて、長い間掃除どころか、換気もされていなかったみたいだ。

淀みきった空気の中で日の光に照らされて、大量の埃がきらきら舞う姿にげんなりとした。

「全くこれじゃあいくら封じていても陰の気がはびこるわ。妖が引き寄せられてもしらないわよ……」

まあ、強固な結界が常に張られている水守本家だ。

こんなところにただの妖が入ってくることは出来ないだろうけど、あんまりな汚部屋ぶりにちょっと心配してしまう。

陰の気は、負の感情が渦巻くところに淀み、穢れを引き起こす厄介なものだ。

そして陰の気が淀みやすいのは埃や汚れのたまる、まさにこんな環境なわけで。

それを防ぐために日々の禊《みそ》ぎ、つまり掃除が大事なのだけど、あれだけ人がいても手の届かないところは出てくるらしい。

札や術を使って封じることで調整していたようだけど、それにしてもあんまりだ、と、わたしは蔵の中を見回した。

一人で任されるだけあって、中はそんなに広くない。

と言っても軽く家一軒分ある蔵は、天井は高く、壁際に作られた棚には中身がわからない箱や物が所狭しと詰め込まれていた。

古い家に特有の、とりあえずしまっておきましたー感の半端ないそれらは、おそらく退魔に利用する呪具《じゅぐ》のたぐいだろう。

ほぼ余所者のわたしに掃除が任されるくらいだから、それほど重要なものではないのだろうけど、これだけあれば、うっかり付喪神《つくもがみ》にすらなってもおかしくないほどの古びようだ。

こんなにめんどくさそうな掃除を任せられるなんて、自分はよほど厄介ものらしいとげんなりしつつ、わたしは持参した手ぬぐい二枚で頭と口元を覆って、白い小袖にたすき掛けをした。

「じゃあ、さっさと終わらせますか」

終わらせなければ、帰れないのだし。

すっと作法通りに一礼をしたわたしは、戦場へと身を投じたのだった。


天井近くにある窓を竿を使って開け、新鮮な空気を通す。

後ははたきとほうきで埃を追い出し、床や棚を堅く絞った雑巾で水拭きするだけだ。

だけど、それをやるためには雑多に転がるモノをどうにかしなきゃいけないわけで、初めは辟易《へきえき》しながらも適当にやっていたのだけど、だんだん腹が立ってきた。

「別にわたしが汚したわけでも散らかしたわけでもないのに、どうして片づけなきゃいけないかな。というか、何で、こんなに、ものが多いのよ！」

整理しろと言われたわけではないけれど、あんまりな無造作さに物が憐《あわ》れに思えてくる。

とにかく見られる程度に片づけていくと、持ち上げた箱の一つからはらりと紙が一枚落ちてきた。

和紙っぽいそれを拾ってみれば、顔に一気に血が上る。

「こ、これ春画!?　もしかしてこの箱の中全部!?」

今では春画も一芸術として扱われているらしいけど、もろにそういうシーンが描かれているそれはぶっちゃけ見る側の気まずさったらない。

「もう、どうしてこんなもの無造作においとくかな!?」

着乱れた男女がむ、むつみあうそれが見えないようにそーっと目をそらしつつしまい込んで、その箱は奥の方へやった。

本当は捨てたかったけど、自分のではないのだから勝手にやるわけにはいかない。

あああああストレスたまるううう!!

その後も、なんだかわからない土器とか、草紙本とか、わたしでも懐かしいとしか言いようがないレトロなおもちゃも出てきたから、本当に物を雑多に詰め込んでいたようだ。

そんなトラップを踏みながらも、ようやく床が見え始めたところで、やっとはき掃除が出来る。

ここまで終わったところで、ただ箱や棚を拭いただけなのに、雑巾二枚がどろっどろになっているのをどうしてくれようか。

「ていうか何でここまで放っておけるかな?　曲がりなりにも神魔調伏の水守でしょ。わたしに嫌み言う前にきちんと片づけなさい、よっ!」

現代のマンガやＤＶＤまで出てきたもんでさらに腹が立って、恨みも込めてがんがんはたきをかけていけばもうもうと埃が舞う。だけども、口をおおう二重手ぬぐいで防備は万全だ。

この程度でひるむものか、退魔が出来ない分こういう地味スキルはしっかり修めているのだ！

「って自分で言っていて落ち込むわ……」

若干テンションが下がっている間も手は止めない。

手を止めた分だけ帰る時間が遅くなるし、止めてしまえば落ち込みに拍車がかかることを知っているからだ。

ほうきでさくさく掃いて砂埃を外に追い出し、さらに雑巾追加で板張りの床を雑巾がけしていく。

「お姉ちゃんみたいに霊力が操れればよかったけど、出来ないんだから仕方ないじゃない。だから出てくのよ。この家を」

その決意のままに力を込めて汚れた雑巾を洗えば、瞬く間にバケツの水が真っ黒になったから、近くにあった井戸へ、何度か水をくみ直しにいった。

手押しポンプでくみ上げるタイプだったけど、それがなければ、母屋まできっかり五分ぐらいの道のりを歩かなきゃいけないところだった。

それは良かったことだし、こんなこと、ちょっとでもいいことを見つけなきゃやってられない。

よかったといえば、あれだけわたしに修行を課してきた水守の家が——祖母が、なんだかんだで普通の高校へ行くことも、わたしの一人暮らしを許してくれたことだ。

おかげで、もう、退魔が出来なくて後ろめたく思うことも、だめだなんて決めつけられることもない。

ほっとしたのだ。ありがたいのだ。

だから、からからと胸の奥を吹きすさぶようなこの感じは気のせいだ。

「……ううん。わたしは、わたしが普通でいられる場所に行くんだから。ああもうほんと清々するんだから！」

もっといいこと考えよう。例えば、高校に入学したら何をしようか、とか。

朝夕と修行につぶされることがないんだから、今まで出来なかったこともどんどん出来る。

わたしが選んだ陽南《ようなん》高校は都心にだってアクセス可な、都会の高校だ。

都会の高校生は、放課後には部活だけじゃなくて、カラオケ行ったりゲーセンでプリクラをとったりして遊ぶのだ。休日には渋谷とか原宿に繰り出して、スイーツ食べ放題とかウインドウショッピングとかもするらしい。

なんかすごい。よくわからないけど！

「女子高生になったーら、女子高生になったーら！　どーんなこーとをしっようっかな♪」

わたしはうきうきと節をつけて歌いつつ、また堅く絞った雑巾を構え、四つん這いで一気に駆け抜けたのだった。

そうしてがしがし掃除を続けていけば、中天にあったお日様が西に傾いたけど。

「お、終わったあああ――っ!!」

わたしは勝利の雄叫びをあげて、ちり一つない板張りの床に転がった。

修行の基本で徹底的に仕込まれたはずの掃除技術でも、この蔵の埃と汚れは難敵だったのだ。よくぞここまで放っておいたと言わんばかりのたまりぶりで、埃を捨てるために何度も外と往復したし、拭き掃除で真っ黒になった雑巾は片手に余るほどになってしまった。

だけどその甲斐あって、蔵の中は隅々まで埃が払われ、ピカピカに磨かれた床はもう寝泊まりしたって大丈夫なレベルだ。

一つ一つ拭いた棚には、今回最大の敵だった大量の物品群が大まかな分類で整然と並んでいる。もちろん危険物は一番奥にしまい込んだ。

ふふふ、やれば出来るのだ。

隅々まで埃が払われた蔵内は、心なしか空気も清浄な感じがする。

「今回も嫌みばかり言われてムカついたけど、最後の最後はなかなかいい気分で帰れそうなことだけは悪くないわね。……まあ、あの巫女さんにはやっぱり文句を言ってやりたいけども！」

実際はそんな度胸もないけれど、思うだけならいいだろう。

さっさとあの巫女さんを見つけて、報告して、日が完全に落ちきる前に帰ろう。

ここから家まで結構時間がかかるし、夜は、人あらざる魑魅魍魎がはびこる全力危険地帯なのだ。それに、隠世《かくりよ》との境界が曖昧になる時間には、妖よりも恐ろしいものがわき出してくることすらある。

おちおちしていられないと、疲労で重い体をえいやっと起こしたわたしは、ふと手元近くでころころと転がる丸い物に気付いた。

箱に入れられず板張りの床に雑然と積み上げられていた物も、棚にスペースを作って整理したけれども、転がるような小さな物があった覚えがない。

でも、どこかの箱からこぼれ落ちたのなら戻さなきゃいけないと、指を伸ばしてそれを拾った。

「鈴、かな？　でも中身がないや」

くすんだ鈍《にび》色をしたその鈴は、ちょうどわたしが親指と人差し指をくっつけて作った輪っかぐらいの大きさをしていた。

古いものなのか、全体的に曇っていたし、付いている紐も擦り切れていたけれど、ころんとした丸い鈴の表面には何やら綺麗な文様も付いているし、組み紐は赤と黒で編まれていて良い感じに渋い。

これを作った人はなかなかいいセンスをしているようだ。

だけど、ころころ転がっている間も音は鳴らなかったし、今のぞいてみても中身はないから鈴としては意味がない。

わたしはそれでもつい、すり切れた組み紐を摘《つま》んで、何気なく振ってみた。

後で、この行動を何度後悔するかを知らずに。


ろん。

空間に染み渡るような涼やかな音が、蔵の中に鳴り響いた。

意外に大きな音が響いて戸惑いつつもう一度鈴の中をのぞき込んだけど、やっぱり中には何にも入っているようには見えなかった。

「あれ、鳴った？」

不思議だなあと思っていたのだけど、ふといやな予感がする。

ここは放置されていようが、埃まみれだろうが水守の蔵だ。

危険な魑魅魍魎が封印されているような危険物はさすがにない、と信じたいけど、呪具《じゅぐ》の中には不用意に取り扱えば術者に危害を及ぼす物も少なくない。

なまじ退魔の水守にいる以上、呪具を下手にいじるのがよくないことは重々承知だし、まだ決まったわけでもない。

でも、かなり怪しいものが今鳴った。

とっさに身構えて、あたりをうかがってみるけど、一拍、二拍とたっても、蔵の中は夕日の橙と影の黒の中、ひんやりとした空気が漂っているだけだ。

考えすぎだったかなと、自分の行動が気恥ずかしくなったわたしは、ほっと息をつく。

早く戻して帰ろう、そうしよう。

とっとと鈴を納めるべき箱をみつけようと、何ならそこらへ放っておいてもかまわないと棚の方へ歩く。

ふんわりと香の香りがした。

「そちらから呼び出してくれるとは、嬉しい限りだの」

「うひゃあああああああ！！！」

耳元に呼気を感じるくらい至近距離でささやかれて、わたしは全力で叫んで飛び退《の》いた。

低く艶やかな声に、全身に鳥肌が立っているのがわかる。

あえて言うのなら、体の芯にまで響くような、ざわざわと落ち着かなくなるような声だった。

不自然に跳ね回る心臓を感じながら耳を押さえて振り向けば、そこで愉快げに微笑んでいたのは、いやと言うほど見とれたくなる美しい男だった。

艶やかな黒髪に彩られた顔は病的なまでに白いのに、唇と瞳はたった今血を含んできたかのように紅い。

眉は美しく弓を描き、すいと通った鼻梁は、成熟した男性特有の力強さがあるというのに、容貌はすごみすら感じられるほどの凄艶な美貌だ。

清浄の体現と言うべき白練りの着物に白袴という出で立ちなのに、それを塗りつぶすような退廃と蠱惑を滴らせていて、いっそ毒になりそうだった。

というか何で急に出てくるの気配なかったよなんで耳元でしゃべるのと言うかあんた誰!?

頭ではぐるぐる疑問が飛び交うのに動揺しすぎて言葉がうまく出てこなかった。

「な、なにっす、いき、いきなり、耳にっ!!」

「どんな反応をするか楽しみだったが、またずいぶんかわいらしい反応だの」

「か、かわっ!?」

今度こそ絶句するわたしを見て、男はくつくつと笑うと、何気なく一歩踏み出してきた。

とっさに後ずさったわたしだけど、足がもつれてその場にしりもちをついた。

地味に痛い。

影がさしてはっと顔を上げれば、男のすいと一筆ではかれたような切れ長の瞳にのぞき込まれていた。

その鮮烈なまでの紅に、ぞくりと背筋が粟立つのを感じた。

これは、だめだ。これは違う。

今までさんざん人あらざるものに接してきたわたしだけど、こいつはいいとか悪いとか安全とかそういうのを通り越しているのだ。

今すぐ逃げたい。

腹の底から震えが這い上がってきさえしているのに、それでも目の前の男から目が離せない。

男の薄い唇が、愉快げに弧を描いた。

何がそんなに楽しいのだろう。

こちらは何をされるかわかったもんじゃないとびくびくしているというのに。

「それにしても……良き眺めだのう」

満足げにうなずく男に、きょとんとしたわたしは思わず視線を追って自分を見てみた。

「白衣に緋袴というのは、俗界から切り離された清純さを作り出すものだ。

だが乱れた緋袴から足袋に包まれた本来見えるはずのない足の肌色がのぞく様は、その面積がわずかでも背徳的なまでの美しさを生み出すな。うむ、巫女服は乱れてこそ美しい」

男の切れ長の瞳が、舐めるようにわたしの足袋に包まれた足と緋袴が翻って見えているふくらはぎを滑っていく。

がっと顔に血が上ったわたしは、高速で翻った緋袴を元に戻して足を引っ込めた。

洋服だとそうでもないのに、和服だと足を見られるのは無性に恥ずかしいのだ。

反射的ににらみあげれば、男はなぜかますます楽しげに目を細めた。

「幼女のおおらかな戸惑いも、成熟した女の開き直ったそれも趣があるが。恥じらいに涙ぐみながらも観測者の反応もまた気になる、成長途上の少女ならではの愛らしい反応だ。実に良いな」

文句の一つでも言ってやろうと思っていたわたしは引いた。全力でドン引いた。

さっきからこの男が何を言っているか全くわからなかったけど、このましゃべらせていたらわたしの何かが減る気がした。

「わけわかんないこと言わないでよ！　というか、あんたはどうしてここにいるの、むしろ何っ!?」

硬直から抜け出して勇気を奮い起こしてまくし立てたはいいものの、飛び出した乱雑な言葉に真っ青になる。

力の強い妖や神霊は、総じてプライドが高いと相場が決まっている。

怒らせてしまえば最後、抵抗出来る手段のないわたしはよくて祟《たた》りを食らい、最悪殺されるしかない。

さっきとは違う理由で鼓動が一気に速くなるのを感じる中、男は気を害した風もなく答えた。

「ぬしは、鈴を鳴らしただろう？」

薄々そうかもしれないと思っていたけどやっぱりか――!!と今も手の中にある鈴を握りつつ、心の中で絶叫した。

わたしが言葉を失っている間に、男は曖昧な笑みで続ける。

「それはわしにつながっているのでな。ぬしの声もよう聞こえたぞ」

「なっ！」

「ずいぶんうっ憤がたまっていたようだったの。どうせ役立たずだとか、自分で望んだわけではないとか」

「ッッ……!!」

「おう、学校に行くのが楽しみで替え歌まで作るとは才知にあふれておるのう。まこと歌詞はともかく、良い声だったぞ」

あんまりな事態に、頭が真っ白になった。

このどうしようもない恥ずかしさを誤魔化すために今すぐごろごろ転がりまわりたい。

確かに誰もいないことを良いことに、ついいつもの癖でしゃべりながら掃除をしていたけど、まさか全部……しかもう、う、歌まで聴かれてたなんて――っ！

「最低っ！　そ、そういう時は聴かなかった振りをするもんでしょ!?」

「あれほど気持ちよく歌っておるのを聞こえぬ振りをするなどもったいないではないか」

「むしろ全力で記憶から消して！」

「それにしても、あの程度の春画で恥ずかしがるとはぬしも愛《う》いのう。顔を染めて慌てる様は眼福であった」

しみじみ言われて、あの絵柄を思い出してまたぐっと顔に熱が上った。

別に悪いことをしたわけじゃないのに、他人から指摘されると恐ろしく後ろめたい。

「う、うるさい！　あ、あんなところにおいてあるのがいけないんだからっ」

「確かに、あれは初めて見るにはつまらぬやつだったの。もうちいと美しくおなごの乱れた姿を描いたものがよかろう」

「そんな解説いらないし見たくないわよ！」

「なにを言う、春画は立派な芸術作品だ。その良さを理解するのに言葉を尽くさずしてどうする。だがまあ動揺するぬしの反応もよいのだがな」

我を忘れて言い返したわたしだったけど、男にはのれんに腕押し、糠《ぬか》に釘状態だった。

しかもかえって喜ばせている気がする。

怒り狂う感情のままに言い返したくなったけど、だめだ。

これ以上抵抗したら、さすがに気を損ねるかもしれないし、不愉快の腹いせに何をされるかわかったものではない。

妖たちにやられてきた数々の嫌がらせを思いだしたわたしは、かろうじて言葉をのみ込んで、緋袴を払って平伏した。

「……恐れ多くも、よろず神魔の一柱《ひとはしら》とお見受けいたします」

「うむ？」

「まずはこのような狭き場所に降臨してくださったこと感謝申し上げます。ですが、わたしの意図したことではなく偶然が重なった結果でございます。お力をお借りする必要もございませぬ故、まことに申し訳ありませんが、このままお帰りいただけませんでしょうか」

見えない振りをしていれば、たいていはあきらめて離れてくれるけど、今回はそれをする間もなく反応してしまった。

なら気持ちよくついでに速やかにお帰りいただけるよう、徹底的に下手に出ておだてるしかない。

相手は人知を越える存在だ。

人を虫けら以下に思っていたり、とるに足らない存在と認識していたりする者も多い中、間違って呼び出してしまったので帰ってくれというのは殺してくれ、と言っているようなものだとは重々わかっている。

でもそれ以外になんと言えと。

どうせ、水守はわたし一人消えたところで気にしたりはしないだろう。

ただの神隠しとして処理されるはずだから安心だ。

とうつろに考えつつ、ひたすら自分が綺麗にした床に頭をこすりつけていると。

「……急に、本家どもと同じような反応になるとはのう」

頭上からひんやりとした気配を感じて縮み上がった。

これは、確実に、気に障ってる、怒っている。

お姉ちゃん、先立つ不孝をお許しください。

ああさようなら、新生活。

気が遠くなっていると、ふわりとまたあの香りがした。

上品で繊細なのに、どこか懐かしいような柔らかい香りだ。

「顔を上げぬと、ぬしを食うぞ」

とっさに顔を上げれば、あの蠱惑的なまでに美しい顔が目と鼻の先にあった。

唇に柔らかくて、少し冷たいものが当たった。

軽く食《は》まれて肌が粟立つ。

口づけされたのだ、とわかった瞬間、わたしは全力で頭突きをかました。

「っ……！」

「なにすんのよこの変態!!」

さすがに驚いたのか紅の双眸を見開いて額を押さえる男を、わたしはぐちゃぐちゃな感情のままにらみつけた。

全力でぶつけた額がひりつくのも意識の外だ。

全身が熱い。焼けつくような感じたことのない怒りに、腹の底が煮えたぎっているようだった。

もう、こいつがなにとか、どういう存在なのかなんて関係ない。

とるに足らない人間だって、一矢報いるくらいはやってやる。

だから、にじみかける涙を気合いでこらえて、敵意をむき出しにすれば、なぜか男は嬉しげに笑ったのだ。

「うむ、やはりそちらの方がずっと良い。さすがわしが見込んだぬしだ」

「意味がわかんないこと言わないでよ！」

怒鳴ってもいっこうに応《こた》えた様子はなく、男は愉快げに言い放った。

「わしをつれてゆくといい」

「は？」

「今のわしは式神のようなモノなのだが、長らく外に出ておらぬでいいかげん飽いておってな。どうしたもんかと思っておったのだ」

「何であんたを連れて行かなきゃなんないのよ！」

いらだちのままに怒鳴れば、ひどく不思議そうな顔をされた。

「ぬしは一人が不安なのだろう？」

かっと頬が熱くなった。

図星だった。

なんだかんだで、そばに誰もいないのは初めてで、一人でやって行けるかどうか自信もなかったし、不安になっていたけど、表に出した気はなかった。

でも見知らぬモノに見透かされるほどわかりやすかったのか。

絶句して震えていると、自称式神の男はにんまりと笑みを浮かべた。

「わしはいろいろと役に立つぞ。ぬしの望みを叶える手助けになろうて」

これ以上ないほど頭が沸騰していたわたしは、最後の一言に爆発した。

「……冗談じゃないわっ！」

屈辱と羞恥と苛立ちと、様々な感情が渦巻くままに持っていた鈴を男に投げつけて、蔵の外へ飛び出した。

もちろんその前に掃除道具を回収することも忘れない。

田舎育ちをなめないで欲しい。

素早さは鼠並みだと称されているのだ、ものすごく不本意だけど！

「おや？」

意表を突かれたらしい男の惚《ほう》けた顔を鉄扉で遮り、しっかりと閂《かんぬき》をかける。

すると自動的に封じの結界が立ち上がり、蔵は何事もなかったように沈黙した。

式神、のようなモノという言葉は少々気になったけど、神霊でないのなら遠慮はいらない。

何せ、ずっとあの蔵にいた風だ。

あの蔵に保管されたきり出られなかったモノならば、扉を閉めれば追ってこられないはず。

十中八九依代《よりしろ》であるあの鈴へ帰らざるを得ないだろう。

天窓を先に閉めておいて良かった。

がちゃがちゃと掃除用具を鳴らしながら、わたしは足袋のまま憤然と走った。

ようやく、ようやく普通の生活が手に入ろうとしているのに、あんな変態の気まぐれですべてが壊れるなんて、冗談じゃなかった。

式神なんていらない。わたしは一人でやっていける。

わたしは、もう、普通の人間なのだ。

ぐっと唇をかみしめれば、あの冷たいような柔らかいような感触が脳裏によみがえり、また頬が熱くなる。

急いで口元をごしごし拭った。

唇が切れて血の味がした。

☆

仕事を押し付けてきた巫女さんの姿が見えなかったので、わたしはさっさと掃除道具を専用の倉庫へ片づけると、急いで本家を後にした。

徒歩三十分の山道を下り、そこから電車に乗って一時間半。

ようやく我が家の最寄り駅にたどり着いた。

都会とは言い難い地方都市だけれど、わりと都心に近いという好立地で、何より通う高校が徒歩圏内だ。

そのころにはとっぷり日が暮れていたけど、わたしは疲れた体に鞭打って、明るく照らされていた駅前広場を歩き始めた。

途中のスーパーで夕飯用の弁当を買い、駅前広場から離れれば一気に人通りが絶え、ぽつりぽつりと街灯だけが頼りなくともる夜道になる。

家を借りるときにあまり姉に迷惑をかけたくなくて、家賃と学校までの距離だけでさっさと決めてしまった。

でも、夜道の暗さを事前にリサーチしなかったのは、少しだけまずかったなと思う。

警戒は怠っていなかったつもりだったけど、四つ辻にさしかかった瞬間、ぞくりと背筋を這う悪寒を感じた。

同時に春の澄んだ風に異質な、枯れたような重く息苦しい空気――隠世《かくりよ》の気配が混じる。

間を置かず、かつり、とコンクリートをひっかいて後を付いてくる足音に、わたしは全力で平静を保った。

かつり……かつり……

獣のような、爪の音が妙に耳に響いて、こちらにまで獣臭さが漂ってくる。

そばにいないはずなのに、荒い息づかいさえ聞こえてきた。

それでも、振り返ってはいけない。

立ち止まってはいけない。

気づいていると、気づかれてはいけない。

まだ、隠世と現世《うつしよ》が混じっているだけだ、完全に隠世《むこう》へ迷い込んだわけじゃない。

一人暮らしのために借りたアパートには、あと五分ほどでたどり着く。そこまでの辛抱だ。

そうして密かに自分を奮い立たせ、わたしはずり落ちかける重たいボストンバッグの肩紐を直そうとした。

その時、手に持っていた弁当のレジ袋が汗で滑って取り落としかけ、思わず立ち止まった。

立ち止まって、しまった。

まずい。


生臭い気配がぞふりと近づいた。


思わず顔を上げた先にいたのは、闇夜よりも黒い何か。

辛うじて四つ足の獣に見えるけど、大きさは一定せず、煙のように揺らめき形を変えている。

なのに、目玉が虚《うろ》のように空き、口に当たる部分はくっきりと血ぬれのように赤かった。

その身からあふれる腐臭のような淀んだ瘴気に、わたしは思わず口を覆う。

闇に潜む妖によく目を付けられ、そのたびにさんざんな目に遭ってきたから、出会えばそれがどういう性質のモノか、わかる。

これは、穢れをため込んで禍霊《まがつひ》となりかけている妖だ。

禍霊は目があった瞬間、大きく跳躍して飛びかかってきた。

「……っ!!」

わたしはとっさにポケットから包みを取り出して、禍霊に向けて腕を振るった。

いつも持ち歩いている神前で祓い清められた塩が、ぱっと広がりきらきらと散っていくのを確認する間もなく、わたしは荷物を全部投げ捨てて走り始める。

後ろでギャンッと悲鳴が聞こえた。

怒り、憎しみ、悲しみ、恐怖、不安など負の感情から生まれる陰の気が土地に淀むと、妖の領域である隠世《かくりよ》と人の世界である現世《うつしよ》との境界を曖昧にする。

そうして陰の気に惹かれて現世にやってきた妖は、現世の穢れをため込み、破壊の権化となる禍霊へと変じるのだ。

人々に危害を及ぼすそれらを祓い、隠世へ送り返すために水守の技があるのだが、へっぽこなわたしには使えない。ひたすら逃げるだけだ。

霊力も乗せてない清め塩など、気休めにしかならない。

走りながらバッグに入っている姉からもらった呪符を探すけど、片手じゃ全然見つからなかった。

だけど、時間稼ぎをしている間にアパートまでたどり着けば、そこは姉が張り巡らせてくれた結界内だ。

当代一とうたわれる、姉の結界をやぶれる妖などそうはいない。

足に力を込めたわたしだったけど、荒い獣の息づかいがすぐそばから聞こえ、もう禍霊に追いつかれたのだと知った。

スカートが引っ張られてたたらを踏む。

そのまま首を振られて道路に投げ出された。

痛みに耐えつつ振り仰げば、ゆらゆらと揺らめく獣の赤い口が、スカートをくわえ込んでいた。

現世では実体を持たない妖だけど、隠世の境界が曖昧になっていること、こいつが禍霊になりかけていることで、現世のものにも触れるのだろう。

「やっ……」

赤い口の間から瘴気と生臭い臭いと共に、たらりと唾液が垂れるのがみえて、わたしはひゅっと息をのむ。

陰の気に惹かれて現世へやってきた妖はもちろん、禍霊と変じたモノは残虐なものを好む。

水守によって長年教えられた、禍霊におそわれたモノの陰惨な最期が脳裏をよぎった。

せっかく、新しい生活が始まるのに。

生まれ変われるかもしれないって思えたのに。

喰われるのか、こんなところで。

またスカートが引っ張られて、にじむ涙に目をつぶる。

ふんわりとした香の香りがしたかと思うと、誰かの腕にさらわれた。

はっと仰ぎ見れば、闇よりも黒い髪をした自称式神の男が、炯々《けいけい》と光る赤色で冷然と禍霊を見下ろしていた。

「依夜に触れるな」

低く、はうような声音に、全身が粟立った。

だけどその威圧は、妖にとってはわたしが感じた以上の物だったらしい。

憐れっぽい鳴き声と共に、闇の中へ消えていった妖を、わたしは呆気にとられて見送った。

いつの間にか、隠世の気配も消えていた。

「に、逃げられた？」

「隠世とのつながりを断ったでな。自ら現世に出てこられるだけの力はないのだろう。もうぬしを狙うこともあるまい」

思わず息を吐いたわたしだったけど、はっと我に返って、すぐに蔵に閉じ込めたはずの自称式神から逃げだそうともがいた。

「お、おろしてっ！　ていうか隠世でもないのに何でさわれるのよ!?」

水守は半分異界に通じていて霊力に満ちているから不思議に思わなかったけど、ここは現世だ。

それなのに人一人を平然と持ち上げられるなんて一体どういうからくりなのだ。

「わしは超強い式神だからの。現世でも自在なのだ。落とすことはないから安心せい」

「そういう意味じゃないからっ」

「ならおろす必要があるかの」

心底不思議そうな式神に、わたしは顔から火が出そうだった。

さして親しくもない男に抱き抱えられているというのもそうだけど、何より、最近増えた気がする体重とか大きいお尻とかが気になるなんて口がさけても言えるか！

「とにかくおろしてよっ！」

まだ深夜にはかからぬ時刻とはいえ、近所迷惑にならぬよう声を潜めて抵抗すれば、なぜか式神は納得したようにうなずいた。

「ああ、体型を気にしておるのか。ふむ、健康的だと思うがのう。すっぽりと収まる大きさといい、ぎすぎすに痩せてしもうておるより、こちらの方がわしは好みだ」

「ッツ……‼」

支えている腕で器用に太ももをなでられたわたしは、式神の秀麗な顔に平手を見舞った。

かなり良い音がした。

「あんたの好みなんて関係ないっ。というかなんでここにいるのよ！　蔵から出てこれないんじゃないの⁉」

さすがに驚いたのだろう式神に、わたしは取り落とされた。

着地してすかさず距離を取れば、式神は戸惑ったように頰をなでつつ、ひょうひょうと言った。

「縁《えにし》はつながったのでな、ぬしの下にはいつでも行けるのだよ」

その言葉に、先ほどの口づけを思い出し、屈辱と羞恥で顔が真っ赤になるのがわかった。

式神に指し示された服のポケットに手を入れてみれば、ころりとした形の、覚えのありすぎる丸い鈴がしっかりあった。

「たとえぬしが依代をなくしても、戻ってこられる安心仕様だ」

「うそ……」

しかも心なしか綺麗になっていて、かすかな街灯の光に照らされて鈍く光を反射していた。

遠くへ放り投げたくなったのを我慢して、目の前の式神に投げつけた。

けど普通にキャッチされて悔しい。

「……勘違いしているようだから言っておく。わたしは確かに水守の人間だけど、人あらざるものが視《み》えるだけで、あんな妖にすら抵抗する力を持たない出来損ないよ。あんたを使うことも、満足に霊力をやることも出来ないわ。わたしに憑いたって良いことなんかひとっつもないわよ」

かさぶたをひっかいているようなかすかな痛みを無視して、一気に言い切る。

我ながら自虐的だと思うが、全部本当のことだ。

わたしは神薙としては無能だ。だからあの家にいられない。

「わたしは、これから普通の人間として生きるの。式神なんていらないんだから」

これでさっさと帰ってくれればいいと、そっと視線をあげてうかがえば、式神は秀麗な顔で怪しく微笑んでいた。

その得体の知れなさにわたしが一歩後ずさると、式神はすいっと腰を屈めてささやいてきた。

「ぬしは水守から離れたがっているようだが、良いのかね？　わしをこのまま帰らせれば、本家の人間どもはなぜ目覚めているかと問いかけてくるのは当然。わしはぬしに目覚めさせられた、と正直に話すことになるだろうなあ」

わたしはその後の展開をまざまざと想像して、血の気が引いた。

たとえ、あまり重要でない蔵から出てきたものでも式神は式神。

長年無能だったわたしが目覚めさせたとあれば、問答無用で神薙としての修行を再開させられるだろう。

せっかくわたしが努力して合格した、高校への入学を取り消して。

冗談じゃなかった。

「っ！　脅す気⁉」

「いいや？　わしはあくまでぬしの望みを叶えたいと思っているだけだよ。現世の魍魎どもは、自分たちを認識出来る物に惹かれて寄ってくる。それはぬしも重々承知のはず。都心は陰の気が集まり、陰の気に吸い寄せられる妖も禍霊に変じる雑霊もいくらでもおる。水守の庇護もないぬしは、一体どうやって身を守る」

今まで修行していた村は水守が徹底して管理していたから、禍霊に変じた霊やたちの悪い妖怪はほとんどいなかった。

だから多少苦労はあっても比較的安心して過ごせていたけど、この土地は違う。

野放しとは行かないまでも、どんなモノが現れるかわからない。

対処出来ると思っていたけど、実際に相対した今は、これからやっていけるのかひどく不安になっているのは事実だった。

わたしが唇をかみしめていると、式神の低く響くような声が落とされる。

「わしならば、あのような雑霊どもからぬしを守るくらい造作もない。それに今のわしは省エネでな、ぬしの霊力でまかなえる。結構お得だと思うぞ？」

式神は、かすかな街灯の明かりに照らされながら、曖昧に口角をあげる。

その表情から、なにを考えているかをわたしは読みとることは出来ない。

だけど、本当に悔しいけどこの式神の提案はひどく魅力的だった。

でもすぐにはうなずけず、式神だという男の蠱惑的な美貌を見上げた。

「わたしに、都合が良すぎるわ。あんたのメリットはなに」

この式神の態度も、行動もすべてが怪しい。

すべてが好意であると納得出来るほどおめでたくもない。

精一杯の虚勢を張ってにらみあげれば、式神はわたしの警戒など意に介さぬといった風で悠然としていた。

「先にも言っただろう。わしはただ、ぬしの願いを叶えたいだけなのだ。それでも強いて言うのであれば、わしは退屈しておるのだよ。ぬしのそばにいればしばらくは飽きぬであろう」

式神の真意は全く読めない。

怪しく光るような赤い瞳に、わたしは自分が獲物になったような気さえしてくる。

いや、あながち間違いないのかもしれない。

この男にはきっと、わたしをちょっと面白そうな暇つぶし程度にしか思っていないのだろう。

この自称式神は信用出来ない。

でも。

「……あんたの主になったら、わたしが普通の生活を送れるように守ってくれるのね」

「ああ。ぬしの身は守ろう」

それでもわたしは、ほれどうする、と言わんばかりにちらつかされる鈴を、ぎりぎりと唇をかみしめながらも受け取るしかなかった。

「さあぬしよ、わしに名を付けるが良い」

継承式の式神にとって、名付けというのはとても重要な儀式だ。

式神の発揮出来る力も変わるし、制御が出来るかどうかも変わる。

わたしは得体の知れないこの秀麗な男を宵闇の中でじっと見つめる。

そうはかからなかった。

鈴の組み紐を握った片手を突き出す。

「ナギ。わたしに凪のような日常をもたらして、平穏を脅かすモノを全部薙ぎ払えるように。我、水守依夜に仕えることを命じる」

ろん。と鈴がまた鳴り響いた。

清涼な風が互いを包み込み、やんだ後にはこの得体の知れない式神との間に目に見えない縁が結ばれたことをわたしは感じた。

ナギとなった式神は、二、三度緩く瞳を瞬かせた。

どこか驚いているようなその様子をいぶかしく思う。

「なに、文句あるの」

「……それはまた剛毅な名だのう」

「変える気はないわよ」

異論は許さないとにらみつければ、ナギは意外なほど柔らかく微笑んだ。

「いいや、それでよい。では依夜。これからよろしくたのもうぞ」

「気安く呼ばないで」

わたしは熱を持っている気がする鈴を無造作にポケットに押し込んで、放っておいた荷物を取り上げた。

ナギがすい、と地を滑るように近づいてくる。

「もってやろうか」

「いらない。自分でもてる！」

仕方なく式神にはしたが、わたしは誰も頼る気はないのだ。

目標は変わらず、めざせ普通の高校生である。

拾ったボストンバッグの重みは先ほどよりもずっしりときたが、かまわず肩にひっかけて、わたしはようやく我が家へ歩き出したのだった。

☆

セピア色の風景に、人だけがくっきりと浮かんでいる。

水守の浄衣《じょうえ》を着た姉は、いつにも増してかっこよかった。

姉の後ろには似たような正装をした本家の神薙がそろっていたけど、そのなかでも姉はひときわかがやいて見えた。

そんな綺麗な浄衣をしわになるほど握りしめて台無しにしているのは、ちいさなわたしだった。

姉のそばにいた一人が、姉をせかすように何か言う。

『簡単な討伐とはいえ、役立たずはつれていけないぞ』

やくたたず。

ちいさなわたしでも、その言葉に含まれたとげが心に刺さった。

その人の言葉に悲しそうな顔をしつつうなずいた姉は、目を潤ませるわたしの頭に手を置いた。

『だいじょうぶ。すぐに帰ってくるから』

だめだ。このまま行かせてはいけない。

絶対引き止めるんだ。引き止めなきゃ、後悔する。

胸の内は焦りと恐怖で荒れ狂って、全力で叫んでいるのに、ちいさなわたしは涙をこらえて、握っていた姉の緋袴から手を離した。

『いってらっしゃい』

にっこり笑った姉が、背を向けて遠ざかっていく。

一人ぼっちになる。

でも大丈夫、お姉ちゃんはすぐに帰って来るって言ったから。

ちいさなわたしは、神薙たちが見えなくなるまで手を振り続け。


唐突に変わる風景。

慌ただしく駆け回る本家の術者や用人、巫女たち。交わされる怒号のような指示。

いつになく騒がしい様相に、ちいさなわたしが立ち尽くしていると、どんっと背中を押されて倒れこんだ。

『治療の邪魔だ。出来損ない！』

生臭いような腐りはてた異質な瘴気の中に、ぷうんと鉄さびのようなにおいが混ざっている。

その瘴気にくらくらしながら、ちいさなわたしは、それをみつけてしまう。

集まっている人の間から垣間見えたのは、

見ちゃダメだっ。

姉の白い顔と、

見たく、ない。

体に咲く、赤い――――……

☆

はっと目覚めたわたしは、自分の部屋の壁が見えて、深く息をついた。

全身がじっとりと湿っていて気持ち悪かった。

昔の記憶だけど、ただの夢だ。今じゃない、今はそうじゃない。

わたしはもう関係ない。何でも出来る、そのはずだ。

自分に言い聞かせて、大きく何度も息をして。

やっといつも通りの呼吸に戻って、首だけを巡らせた。

わたしの部屋は、八畳の畳部屋と、四畳ほどの板張りの台所が、ガラスの引き戸をへだてて二間続きになっている。

家具はちゃぶ台と、テレビと、勉強机と椅子。

服や布団は押し入れに入れられるから、わりと広く使えるのだ。

しかも風呂トイレは別で、築年数が古いおかげで相場よりも安く借りられた。

窓の外はもう明るくて、朝日に照らされ部屋の壁にかかった制服が目に入った。

ほんの少しだけひるんだ気持ちを、首を振って振り払う。

さあ、起きあがろう。今日もきっと戦いだ。

頑張れわたし、普通の高校生でいるために！

気合いを入れてざっと布団から起きあがった瞬間、目の前にあったのは赤い双眸の蠱惑的な美貌だった。

「おや、起きたかねぬしよ。今日も良き寝顔だった」

空中で胡座《あぐら》をかいて腕組みをしつつにんまりと……とても満足げなナギに、わたしは全力で後ずさった。

「っナギ！　勝手に出てこないでって言ったでしょ!?」

必死で声を抑えて抗議すれば、空中で器用に胡座をかくナギは悠然と言った。

「乙女が無防備に眠っているというのに、その寝顔を堪能しないとは紳士の恥だぞ」

「そんな紳士知らないわよっ」

「そうかの。ならば紳士らしく寝乱れを指摘しておこう」

「!?」

下を見れば寝巻にしている浴衣の衿がはだけて、胸元がのぞいていた。

起き抜けに慌てて動いたことで、裾もぱっくり割れて、太ももあたりまで見えている。

「わかってるんなら目をそらすくらいしなさいよ！」

ぶわっと顔に血が上ったわたしは、はだけた胸元を庇いつつナギに手元の掛け布団を投げつけた。

今日は半実体化しているらしくものの見事にひっかぶったナギだったけど、楽しげに笑うだけで応えた風はない。

毎朝の慣例のようになってしまったこのやりとりは不本意だったけど、呼び出してもいないのに鈴から勝手に現れるナギを止めるすべがない以上、耐えるしかなかった。

せめてもの抵抗として毎回文句を言っているけど、むしろ喜ばせているような気がしてならない。

今日も一矢報いることも出来なかったと、無念を抱えながら布団を三つ折りにして押し入れにしまった後、バスルームへ逃げ込んだ。

ここトイレは入らないでくれと願って願って願った結果、聖域となった場所だ。

それでも不安で、わたしは引き戸の陰から顔をのぞかせて、投げつけた掛け布団を畳んでいるナギをにらむ。

「絶対見ないでよ」

「見ないで、と言われるとなおさら見たくなるのが男の性、というものだが。安心せい、娘の着替えは妄想するものだと思っておる」

……思わずのぞかれるのと妄想されるのとどっちがましなのか考えたけど、どっちも嫌に決まってる！

「妄想も禁止！」

「殺生な。時にぬしよ。ブラジャーはいつもの白も良いが、わしは青の方が可憐で似合うと思うぞ」

今度こそ言い返すのは我慢しようと思ったのに、瞬間的にかっと血が上って返事の代わりにたわしを投げつけた。

「勝手にたんすをのぞくなっ」

ぴしゃりと引き戸を閉めたわたしは、たんすを鍵付きにすべきか真剣に悩んだけれど、どうせすり抜けて見えてしまうのだろうと気づいてがっくりする。

式神、ナギと暮らすようになってから二週間以上がたっていた。


あれからというもの、わたしはナギの言動に振り回されっぱなしだった。

式神というものは、呼んだら出てきて主の望みを叶えるものだと思っていたのに（姉の式神はそうだった）、その常識を覆して、ナギは勝手に出てくるのである。

そうしてなにをするかと言えば、パソコンをいじっていたり、わたしをからかったり、ふらふら外に出ていたり、わたしにちょっかい出したり、ごろごろしたり、わたしにちょっかい出したり。

ほんと、わたしをおもちゃにして遊んでいるとしか思えないような感じなのだ。

寝顔を見るのは当たり前、わたしが何かをするごとに口を挟んできて、たんすの中身を批評はするわ、やたらと頭に手を乗せたり持ち上げたがるわ、この間なんて、わざわざ着替えの最中に鈴から出てきたのだ！

いつもはお風呂に入る前に着替えを選ぶのだけど、そのときはうっかり脱いでいる最中にそれを思い出して、そのまま取りに行ってしまったのだ。

多少わたしにも非はあったと思う。

だけど、シャツとぱんつ姿で固まるわたしに、ナギは悪びれもせずに話しかけてきた。

「ぬしがどのぱんつにするか悩んでいるようだったでな。わしはくまさん柄かうさぎさん柄が良いと思うのだが、ぬしはもう持っておらぬようだしの。折衷でそのりぼんが良かろう。

……ところで、ぬしは一人で風呂に入っても大丈夫かの？　何ならともに入ってやるが」

その瞬間、大まじめにのたまう秀麗な顔に、平手打ちをかましたのは言うまでもない。

一人でお風呂に入っておぼれかけたのなんて五歳くらいのときの話だ。

心配する必要のない年齢なのは見てわかるのに、そんなこと言うなんてこいつは絶対変態だ！

かっかと血を上らせながらそのたびに言い返しているうちに、言葉はどんどんぞんざいになっていった。

そんな中でナギについてわかったことと言えば、ほんとにしょうもないことばかりだ。

まずは、毎週土曜日だか日曜日にやるかわいい女の子が出てくるアニメは絶対見逃さないこと。

「あれには今のわしのすべてがあるのだ。いわば心の故郷だな」

誇らしげに語りながら見ているのは、フリルやレースがこれでもかと使われた、ひらひらとかわいらしい衣装に身を包んだ小学生くらいの女の子が、杖からきらきらとした魔法をほとばしらせて戦うアニメだ。

魔法少女というらしい。

「ぬしよ、試しにやってみぬか」

「やりませんっ」

「ほれ、退魔師なぞはいうてみれば現実における魔法少女であろう。ぬしは十分素地がある」

「だからやらないって！」

「ええ～」

本気で残念そうにするナギに、たとえ顔が良くてもカバー出来る範囲というモノがある、とあまり知りたくないことを知った。

後はハイテク機器に妙に強いこと。

少しでも目をそらせるかと、姉からもらったものの、全く使っていないパソコンを与えてみれば、ナギはあっさりと馴染んだ。

というか、電子機器はわたしよりもよっぽど使いこなしているようなのが微妙に悔しい。

ほんとに外界に出たことないのだろうか。

それでなにをするかと言えば、大量のイラストを保存して楽しんでいたり、動画を見ていたり。

夜は夜でなにやら掲示板やらＳＮＳやらで情報交換をしていたりするらしい。

キーボードを目にも留まらぬ速さで叩くナギが気になって興味本位でのぞいたときには後悔した。

コメントを投稿参加出来る動画サイトで再生されていたのは、白い着物というにはかなり露出度の高い上着に非常に短い赤い袴を着て、きわどいポーズを取る目の大きな女の子だった。

ついでにナギが投稿しようとしていたコメントは「至高の太もも」。

似たようなコメントが流れとぶその動画を見たわたしは、水守の家に通報しようかわりと本気で悩んだ。

そもそもまともな会話をしたことがある男性といえば、中学時代の先生（六十代）や、村で世話になっていた神社の神主さんぐらいなものだった。

なのに、いきなりこんな変態だメンズもどきと一緒に暮らすなんて、無謀なことをやろうとしていることに気づいてなかったのだ。

あの時のわたし、本当に余裕がなかったんだな……。

鈴から一定の距離しか離れられないようなのが良かったのか、悪かったのか。

わざと動揺させているとしか思えない言動に恥ずかしいやなにやらで調子を狂わされっぱなしのわたしとは違い、ナギはどこ吹く風でくつろいでいるのが恨めしい。

幸いなのは、「守る」という言葉だけは守ってくれていることだけど、水守にばれたくないわたしは黙って耐えるしかなかったのだった。

「うむ、目隠しをされるとは、なにもなくとも背徳的で乙なものだの」

「あんたが出てこないのが一番ありがたいんだけどね……！」

着替えている間につけさせていた目隠し用のアイマスクをはずすと、綺麗な顔を微妙に恍惚とさせていて、朝から精神力を削られる。

だけど、ナギはわたしを見るなり残念そうな顔になった。

「いつも思うが、その制服は微妙だのう」

「どこがよ。制服なんて、誰が着ても同じようになるものでしょ」

制服に着替えるたびに、ナギのこの表情を見られるのは密かにすっとしているけれど、なぜそこまで妙な顔になるのかは謎だ。

ためしにわたしは、前住民の置きみやげの姿鏡で全身を眺めてみる。

陽南高校指定の女子制服は、白いシャツに紺のスカートとブレザーで、男子はズボンに変わる。

この制服と言えばだいたいこんな感じ！　というのを体現したような普通さが気に入ってこの学校にした面もあったりした。

……胸元のリボンもかわいいし。

そんな普通な制服は今日も特に変わったところはない。

鏡を見たので、ついでにわたしは髪の毛をいつものように左右で三つ編みにした。

前髪は目にかかるくらいまで伸びていて、そろそろ切らなきゃいけないな、と工作はさみの位置を思い出していると、ナギが音もなく背後に立った。

ぎょっとするわたしにかまわず、ナギは疑わしげな顔でのぞき込んできた。

この妙に近い距離には相変わらず慣れなくて、心臓が勝手にどきどきしはじめた。

「今なんとのう、胡乱《うろん》なことを考えただろう」

「う、胡乱なことってなによ。それに制服もこうやって着るって決められているんだから、これが普通なんでしょ。文句言われる筋合いはないと思うんだけど」

「こう、乙女なのだから、ちいとばかし洒落心を持ったとてかまわぬと思うがなあ」

しみじみと言う当のナギは、風合いの良い紬《つむぎ》をまとい、墨色の羽織をひっかけている。

どこをどうしているのか、ナギの和装は黒が基本だけれど毎日のように変わり、それがどれも驚くほどよく似合うのだ。

中身は変態のくせにとぶつぶつ思いつつ、お弁当の準備をはじめながら我が身を振り返る。どう試行錯誤しても、大して変わらない。

わたしは自分の容姿があんまり良いものじゃないと自覚しているのだ。

ニキビはないものの、幼く見られがちな丸顔だし、髪は重たい直毛で、三つ編みにしていないと広がって邪魔になる。いっそ切ってしまおうか。

身長は前から数えた方が早いのに全体的に丸くて、体重はそうでもないはずなのに何を着ても太って、しかも子供っぽくしか見えなかった。

制服なら着ていれば誰にも文句は言われないし、スカートの長い丈はわたしの太い気がする足をきちんと隠してくれるお助けアイテムなのだ。

やっぱり自分は間違っていないと決意を新たに、詰め終えた弁当を小風呂敷に包み、ついでに昨夜の味噌汁とおかずと白飯をちゃぶ台に持って行って朝ご飯にした。

当然のように対面に座ったナギの前には、黙ってお茶をおいてやる。

こいつに人の食事はいらないとはいえ、目の前で何をするでもなく居座られると、落ち着いて食べられないのだ。

茶を持って相伴にあずかっている体《てい》をとってもらえば幾分和らぐ、苦肉の策だった。

しっかり手を合わせてから食べ始めれば、ナギは茶を飲みつつ、鷹揚にうなずいていた。

「相も変わらず、ぬしの食べ方は見ていて気持ちが良いの、朝食をきちんと食すのは感心だ」

「……食べろって言ったのはあんたじゃない」

本当はちょっとでも細くなりたくてダイエットしようと思っていたのに、しっかり食べろとやいのやいのと言われて結局三食しっかり食べることになってしまい全く減らせていなかった。

食べられるのなら食べたいと思ってしまうだけに始末が悪い。

……正直、体重計は乗るのが怖くて、しまい込んだままだ。

「どうせわたしは食いしん坊よ」

「そうは言っておらん。十代の少女の、健やかな魅力は健全な食事から作り上げられるものだからの。それでも絞りたいというのであれば、後はもうちいと運動をして、霊力の修行をすれば、きゅっと身も引き締ま……」

「絶対いや！　ごちそう様っ」

運動はともかく霊力の修行なんて普通の高校生のすることじゃないし、それをするとますます体重が重くなるのだ！

勢いよく立ち上がったわたしは、食器を流しに放り出すと、スクールバッグを肩に掛けた。

そうして、勉強机においてある鈴を仕方なくポケットに入れて、ナギを振り返る。

「ほら、いつまでその格好でいるのよ。早くしないと学校に遅れるわ」

「徒人にはわしの姿は見えぬと言うのに」

「誰かに見えないって言ってもわたしには見えるの」

護衛のために仕方なく連れて行くけど、この着流し姿の眉目秀麗な成人男性がそばを歩いているなんてめちゃくちゃ違和感があるのだ。

さらに言えばこいつは外だと横着をして、通行人をすり抜けてついてくる。

そういう現象に慣れていても、腹から人の顔が見えるのを受け入れられるかは別の話だ。

やれやれと肩をすくめるナギは体の輪郭を揺らがせたかと思うと、小蛇の姿になった。

わたしの親指の太さもない蛇体は艶やかな黒で、ただの蛇と違うのはその赤々とした双眸だけだ。

いつもこれだけ素直に言うことを聞いてくれればいいのに、と思いつつ片腕を差し出せば、するすると螺旋に巻いて上ってくる。

「ふむ、乙女の二の腕を這うのも、また良いものだ」

とりあえず黒蛇の頭にデコピンをお見舞いした。


人の集まるところには陰の気が滞り、それに惹かれてよからぬモノが集まるのは当然だ。

意思を持たぬ魍魎だったり、こちらに居着いてしまった妖だったり。

それはたとえ朝の清涼な空気の中、通勤通学の人々が行き交う繁華な道でも変わらない。

ふと視線を転じれば、暗がりにうごめく黒い影があったり、調子の悪そうなサラリーマンの肩には、額に角を生やした小鬼が楽しげに乗っていたりする。

そんな名もなき妖の中にはわたしに気づくモノもいるわけで。

今日も通学路を歩いていれば、小さな妖たちがひょいと顔を出して、わらわらと集まって来てしまった。

なるべく明るいところを通っているのに、どうして見つけてくるんだか。

半纏《はんてん》を着たカエルに、腰蓑《こしみの》だけの小鬼、毛玉に目玉が一つだけ付いたものは、口々にしゃべり始めた。

『おや、おや』

『うまそうなにおいがするぞ』

『いつもの娘だ』

『依夜だ』

『依夜だ』

名前を知られるほど顔なじみになってしまったことは複雑だったけど、姿がはっきりしているとはいえ、これくらいの妖は現世に干渉出来るほどの力はない。

かまわず歩いていると、三匹はあきらめずに付いてきた。

『依夜、依夜』

『爪をくれ』

『血をくれ』

『目玉くれ』

曲がりなりにも見鬼の才能がある上、たいしたことなくても霊力があるわたしは、妖にとってはおいしそうに見えるらしい。

日中に手を出せるほどの力はなくとも気持ちのいいものではないので、追い払ってくれとナギに視線を向ける。

だけど二の腕の黒蛇は、涼しい顔でそっぽを向いている。

害はないと判断しているからだろうけど、動いてくれないのはちょっとむかっとする。

しょうがないので、傍らで併走する三匹をなるべく視界に入れずに足を早めたのだけど。

付いてきていた小鬼が視界から消えたかと思うと、すうっと、下半身が涼しくなった。

「~~~!!?」

風もないのに大きく翻るスカートをあわてて押さえれば、小鬼とカエルと毛玉がにやにや笑っていた。

そうか、ちょっとした妖力は使えたのか。

たとえば、スカートをめくる程度の力とか。

毛玉なんて鋭い牙の生える口をむき出しにして大笑いだ。

『水色だった』

『水玉だった』

『お子様だ』

「あんたたちっ！　ナギ、追い払って……!?」

屈辱と羞恥で一気に血が上ったわたしは二の腕を見るけど、黒蛇の姿はない。

すでに、黒蛇はハイタッチを交わしあう子鬼たちのそばにいた。

思わず期待したのだが、ぐっと鎌首をもたげたナギは、尻尾の先をまるでサムズアップするようにあげたのだ。

『すばらしいスカートめくりだった』

「この変態が――――っ！！！」

親指を上げて応じる子鬼と熱く友情を交わすナギに、絶叫したけどはっと我に返った。

周囲を見れば、少ないながらもいる通行人の奇異の視線が集まっていて、頭に上っていた血の気は一気に下がった。

そう、彼らにはカエルも小鬼も毛玉も見えていないわけで。

彼らにわかるのは風もないのにスカートがめくられた後、わたしが悲鳴を上げている部分だけだ。

好意的に見てもいきなり一人芝居を始めた変な子にしか見えない。

顔がどんどん熱くなるのがわかる。

しかも悪いことに同じ制服を着た学生までいた。

やばい、まずい。

とれる行動は限られている。

わたしは倒れそうな気分で、脱兎のごとく学校まで走ったのだった。

☆

「何で助けてくれなかったのっ」

下駄箱で靴を取り替えている最中に戻ってきた黒蛇を見つけるや否や、物陰に連れ込み抗議したのだけど、ナギはどこ吹く風でのたまった。

「実害はなかっただろう？」

今すぐその長い胴体を固結びしてやりたくなった。

「わたしの高校生活には大いにあるわよっ」

何せ普通の高校生を目指しているのだ。

見えない、感じられないものはないのと一緒というのが徒人の論理だ。

見えるはずのない妖たちに怒るわたしは、さぞや奇異に映ったに違いない。

一度ついたレッテルをはがすのがどんなに大変かこいつは知らないのか。

「ああもう、これで普通が遠のいたらどうしよう……」

「特に変わらんと思うがなあ」

のんびりとしたナギの言葉がぐさりと胸に突き刺さったけど、わたしは顔には出さずに鈴をナギに突き出した。

「約束よ、学校にいる間は帰ってて」

「別に見えぬのだから、見学ぐらいよいではないか」

「あんたに女子更衣室をのぞかれたらいろんな人に申し訳ないからよ！」

「そんなことせぬと言うのに……」

わたしで前科があるのに、全く信用出来なかった。

さめた視線が理解出来たのか、蛇の姿でも器用に肩をすくめたナギは、すうと溶けるように消えていく。

「まあ、せいぜい健闘を祈るぞ」

残された言葉をかみしめて、わたしは満を持して教室へ向かった。

教室が近づくにつれて楽しげなざわめきが廊下まで聞こえる。

どうやら今日も和気藹々としているらしい。

まだ二週間くらいしかたっていなくても打ち解けている、うちのクラスだ。

それとは真逆に、鞄の肩紐を握る手に汗がにじむ。

自分の心臓の音が耳にまで聞こえてくる気がした。

あくまで自然に、たかが挨拶だ。

挨拶されたらちゃんと返す。それだけだ。

おはよう、の、たった四文字。大したことない。

何度も言い聞かせて、扉を思い切って開けると、教室にいたクラスメイトたちの視線がこちらを向いた。

「っ……！」

注目されていると思った瞬間、さっきまであった勢いが急速にしぼんでいく。

目をそらしてしまったら、もうだめだ。

結局誰にも話しかけられず、わたしは息を殺すように自分の机に向かうしかなかった。

入学当時は張り切っていたわたしだったけど、二週間たった今でも、友達はおろか、クラスメイトと話すことすらまともに出来ていなかった。

いざ人を前にすると、言葉に詰まってうつむいてしまう。

一応、心当たりはある。

以前通っていたのは、小中が同じ校舎を使っているような生徒数の少ない学校で、生徒全員が顔見知りだった。つまり新しく友達を作る、というのが全くわからなかったのだ。

わたしだって、普通の高校生活を送りたいしこのままではまずいと思って、何とか話しかけるきっかけを狙ったさ。

でも、クラスメイトの会話に聞き耳を立ててみても、彼らが何をしゃべっているか全然わからなかった。

というか本当に同じ言語をしゃべっているのだろうか。

しかも、なぜかクラスメイトに遠巻きにされているようで、授業中に指名されて発言する以外、誰とも話せない毎日が続いていた。

今日も誰にも話しかけられずに昼休みを迎えたわたしは、授業終了と同時に教室を脱出した。

和気藹々とした人の間にまざれないことが耐えられなかったのだ。

ふっ、この二週間の探索で、静かで快適に座っていられるスポットは軒並み把握済みなのだ。

……自分で言ってて悲しくなってくるけど。

そんなスポットの一つである中庭の片隅に座り込めば、いつの間にか黒蛇姿のナギが肩に乗っていた。

「その顔だと、今日も振るわなかったらしいのう」

「……るさい」

全くその通りだったので、それ以上言い返す気力もなく、もそもそとお弁当を広げた。

あんまり食欲はなかったけど、食べなければもったいない。

でも、ぜんぜんおいしくない。

考えるのは、どうしてうまくいかないのだろうと、そればかりだ。

普通の高校に行けば、変わるものだと思っていた。

授業を受けて勉強して、友達と他愛のない話をして、部活動に打ち込んで、クラスメイトはみんな楽しげだ。

わたしだけその輪に入れない。

ぽつんと一人で華やかなものを見るのは結構胸にくるものがある。

自分が違う、とまざまざと見せつけられているようで。

「……というかさ、なんであんなに当たり前のように話せるの。と言うかどこからあんなにたくさんしゃべることを仕入れてこれるの？　それが普通力ってやつ？　今更普通人になろうとしてもにわかのわたしには無理ってことなのかしら？」

「わからぬのなら話しかけて聞いてみればよかろうに」

「それが出来たら苦労しないわ！」

あきれ声のナギに勢いのまま言い返したわたしは、我に返ったとたん、気分がしょんぼりする。

「話しかけたいけどなに話せばいいかわかんないし、そもそもめちゃくちゃ遠巻きにされてるのよ。今ではわたしが近づいただけで道があくわ。男の子たちのグループは特に」

そこが特にわからないことの一つだった。

話をした覚えもないのだから、嫌われることもないはずなのに、彼らは近づこうともしてこない。目があう時もあるけれど、すぐにそらされるし、そのくせこちらを見つつこっそり言葉を交わしているのはたぶん、被害妄想ではない。

後ろでひそひそ陰口を言われるのは慣れているけれども、だからと言って耐えられるかといえばそうでもなかった。

……やっぱりこれ嫌われているんだろうか。

再度へコんでいると、蛇顔でもわかるナギの微妙な表情に気づいた。

「なによ、何か言いたいことでもあるの」

「ぬしよ、普通というが、己の服装と学友の服装を見比べたことはあるかの」

妙なことを聞くものだと思いつつ、クラスメイトの女子を思い出してみる。

「そういえば、みんな何となくスカートの丈が短かったり、制服にないカーディガンを着ていたり、靴下の丈が違ったりするような……？」

「まじめに校則を守っている者が少ない中、きっちり校則通りに纏うのは明らかに普通ではないぞ？　おそらく、ぬしが浮いているのもそれが原因だ」

わたしは愕然と自分の制服を見下ろした。

スカートは膝まで、シャツは第一ボタンまで留めて、膝下くらいまでのハイソックスに上履きを履いている。

生徒手帳には髪型も長い場合は邪魔にならないようきちんとまとめること、三つ編みを推奨すると書かれていたのでその通りにしていた。

まさか、校則通りにしたことが徒《あだ》になっていたとは。

一つも間違えないように生徒手帳を読み込んだのがまずかったのだろうか。

や、でもその通りにした方が逆に浮くって、普通ってなんて難しいの!?

普通の奥深さに戦慄していれば、ナギはやたら訳知り顔で言った。

「まあ形から入るというのは悪くはないだろう。もうちいとばかりスカートを短くしてみるのも良いのではないか」

「む、無理よ……わたしの足、そんなに綺麗じゃないものっ」

「自信があるから見せるわけではなく、そちらの方がかわいいから短くするのだがなあ」

「わかった風な口きかないでよっ」

わたしはぎゅっとスカートの裾を押さえる手に力を込めた。

膝から下はそうでもないけど、太もものあたりはしっかり肉が付いてしまっていた。正座や腰を落とすような下半身の使い方をしているせいだと思っているけど、理由はなんにせよひどく形が悪いように思えて嫌いだった。

こっちに来て、同じ年頃の女の子たちが堂々とさらしている足と見比べて、自分はなんてみっともないんだろうと落ち込んだのは記憶に新しい。

「まあかまわぬよ。お洒落というのは自分でやってみたいと思うてからが一番だ」

唇を引き結んでいたわたしは、ナギがやれやれとでもいうように鎌首を振ったのを、ちょっと意外に思う。

あれだけ微妙な顔をしていたナギなら、もっと説得するに違いないと思っていた。

「無理強い、しないの」

「わしがいつ無理強いした」

心外そうに言われて、そう言えばナギは、主張はしても、強制してきたことはないと気づいた。

変態的な言動は繰り返すけど、言動だけだし、自分でどうこうっていうのはない。

思わず黙り込んでいると、すうと蛇体を揺らめかせて人の姿をとったナギは、わたしのそばにしゃがみ込んできた。

「わしはぬしの足が好きなのだがなあ。しなやかで引き締まっておっていくらでも愛《め》でていられる」

「いつ見てるのよ!?」

うっとりと視線を落とすナギに、長いスカートを透かして見られているような気がして、即座に足を引っ込めてにらむ。

ナギは少々残念そうにしつつも腕を組んだ。

「ともかく、まずは己に出来ることを考えることだのう」

「出来ることって、なによ」

話しかけてくれる人すら、いないのに。

「そこはぬしが考えることよ。まあ待つばかりでは変わらぬのではないかの」

「そう言われても……」

何にも思いつかなくてうつむけば、唐突に顎に指をかけられ上向かされた。

秀麗な顔が急に近づいてきて、心臓が不規則に跳ね上がる。

「ぬしの羞恥を耐え忍ぶ姿は魅力だが、押し殺しているのはつまらんぞ」

「あんたの好みなんて知らないわっ……と言うか近づきすぎよ！」

吐息がふれそうな距離でゆるりと笑んだナギに、わたしはかっと頬を熱くさせて振り払う。

あっさりと手を離したナギはからからと笑った。

「おう、元気だの。その意気でがんばるが良い」

「ちょっとどこいく……！」

軽く地を蹴って離れていくナギを追いかけようとしたのだが、弁当を膝にのせているのを思い出して踏みとどまる。

と、足早に歩く音が聞こえてすぐ、声をかけられた。

「あ、水守さん、こんなところにいたんだ！」

「に、西山《にしやま》さん……」

びくつきつつわたしが振り返れば、そこにいたのは同じクラスの西山さんだった。

フルネームを西山弓子《ゆみこ》さんという彼女は、柔らかそうな黒髪をハーフアップにして、わたしよりも十センチは高いスレンダーな体を制服に包んでいる。

だけど短めなスカートからは綺麗な足がすんなりと伸びていて、ベージュ色のカーディガンを羽織っている姿は、わたしにとってはまぶしい今時の高校生だ。

さっき思い浮かべたのは彼女の着こなしだったりする。

彼女は入学初日からクラスで慕われ、最近ではクラス委員にも抜擢されている、まさに雲の上のような人なのだ。

というか、いつも教室で友達に囲まれているはずなのにどうしてここに!?

内心パニックになっているわたしには気づかなかったらしく、西山さんはあっけらかんと話しかけてきた。

「良かったー見つかって。次の授業は移動教室だから大丈夫かなと思ってさ」

そうだった、とわたしが慌てて弁当を片づけようとすると、西山さんにのぞき込まれた。

その拍子に彼女の髪がさらりと滑り落ちる。

うわ、わたしと違って髪が柔らかそうだし、なんかふんわりといい匂いがするんだけど!?

「水守さんってお弁当の人だったんだ。いつも教室にいないから知らなかった」

「その、一人暮らしだから」

「え、つまり水守さんの手作り!?」

「う、うん」

気の利いた返しなんて思いつかずにただうなずくと、目を輝かせる彼女はわたしのお弁当を眺め始めた。

ええと、食べかけを見られるの、かなり恥ずかしいんですが。

「こんなにきちんとしたのを作れるんだ。あたしなんて全部お母さんに任せっぱなしなのに、毎日でしょ、すごいね」

「そう、でも……」

中学生時代から自分のことは自分でやるのが普通だったし、食べられるものにするくらいだったらきっと誰でも出来る。

それでも興味津々で眺める西山さんの視線を遮ることも出来ずに途方に暮れていると、きらきらした目がわたしに向けられてどきりとした。

「ねえ、明日は教室で一緒に食べようよ。味見させてくれたらうれしいな」

「ふえっ」

いきなりすぎて素っ頓狂な声が出た。

え、食べる？　一緒にってどこで、西山さんと？　お昼？

つ、つまり教室で一緒に食べるついでにわたしのお弁当を食べてみたいと言ってるの!?

超展開に処理能力を超えて声を失っていると、西山さんはしまったとでも言うように口元に手を当てた。

「あ、でも、水守さん、一人でいるのが好きかな。迷惑だったらごめんね」

いたたまれずに教室から逃げ出していただけなのに、そういう風に思われていたのか。

驚いたわたしは、とにかく言葉を出そうとしたけれども、喉が張り付いたように声が出ない。

こんな時どうしたらいいのかな。

なんて言えばいい? 違うって伝えるにはどうしたらいい。

「うん、じゃあ、遅れないように気を付けてね」

そんな些細なことすらわからなくて、思考が空回りしている間にも、西山さんは申し訳なさそうな顔で屈めていた腰を伸ばして去っていこうとしている。

無念と無力感に泣きたくなった。

せっかく誘ってくれたのに。わたしは、どう感じたんだ。

びっくりした。嬉しいと思った。でも、声一つ出せなくて、全然嫌ではないというのも伝えられない。

わたしは、何がしたかったんだ。

なぜか、ナギの言葉が脳裏をよぎった。

なにか、しなきゃ！


気がつけばわたしは、去っていこうとする西山さんのスカートを摘んでいた。

彼女が驚いた顔で振り返るのに、ようやく声が出せた。

「た、食べたい、です」

「え？」

「……お昼、いっしょにっ」

考えていた通りには全然いかなくて、不格好な言葉だったけれど、それが今のわたしに出来る精一杯だった。

けど、言ったとたん、どっと後悔が押し寄せてくる。

何で引き留める手段がスカートなんだ。もっと腕とか袖とかもあっただろう。でも声が出ないんだからしょうがないじゃないか。ていうかさっきも変な声出てたし！

不快に思われなかったかな。顔から火が出そうだ。

どう思われただろうか。そればかりが気になった。

上目遣いで西山さんをうかがえば、ぱちぱちと大きな瞳を瞬かせた後、ぱっと笑ったのだ。

「うわ、いいの。ありがとー！」

「はひっ」

意外なほど喜色を浮かべた西山さんに、わたしはスカートを摘んでいた手を取られたかと思うと振り回された。

「水守さんとは話してみたかったんだよね。でもずっと近寄りがたい雰囲気があったから。いやあ勇気だして探してみて良かったわあ」

「そう、だったの？」

あらためて考えてみれば、こんな学校でも目立たないところ、探さないと見つからないはずだと今更思い至った。

西山さんはわざわざわたしに会いに来てくれたのだ。

「当たり前じゃない。初めての人に話しかけるのは誰だって緊張するし、なにを考えてるかわかんなかったら怖いもんでしょ」

そうか、クラスメイトのみんなはすんなり会話をしていると思っていたけど、はじめは怖いものだったのか。

「と言うか、スカート摘むとか初めてされてびっくりしたわー」

「ご、ごめん」

「え、喜んでるんだけど!?」

目を丸くした西山さんは、ふいにスカートのポケットからスマホを取り出して画面を見る。

「わ、大変。水守さんっもう時間ないよ。早くいかないと！」

「う、うん」

慌ててお弁当を片づけ終えると、西山さんはわたしの手を引っ張って立ちあがらせてくれた。

その手の温もりがなんだか新鮮だった。

小走りで正面玄関へ向かう前に後ろを振り返れば、にやにやと笑うナギがひらひらと手を振っていて、それが無性に恥ずかしくてすぐ西山さんの背中に視線を戻す。

心臓がまだどきどき言っていた。

☆

その後もなんだかずっとふわふわしていて、次の授業ではうっかり持ってく教科書を間違えるという、初めての失態をやらかした。

何とか予習している部分だったので困らなかったけど、めちゃくちゃ気まずくて恥ずかしい思いをする。しかも授業にも身が入らなかったし。

何か夢なのではないか、担がれているのではないかと悶々と考えていたらほとんど眠れなくて、いつもより早く起きてお弁当を作っていた。

「ぬしよ、浮かれておるのう」

「う、うるさい」

ナギがにやにやしながら手元をのぞき込んでくるのがうっとうしかったけど、おかずに気合いが入ってしまっているのは否定出来ず、出来上がるころにはおかずの種類が多めの豪華仕様になっていた。

登校、一限、二限、と時間が過ぎていくにつれ、わたしの緊張は高まっていくばかりだ。

ほのかな期待感と、ただの社交辞令だったりするかもしれないとか、悪い方向ばかりに考えてしまって、西山さんの席には一度も視線を向けられなかった。

そうしてとうとうやってきた昼休み、不安すぎて吐きそうになりながらも、わたしは席に着いたままでいた。

しょうがないじゃないか。約束って言われたんだもの。

じっとりと手に汗を感じながら心臓が飛び出しそうになっていると、あっさりと西山さんが声をかけてきた。

「水守さーん！　今日はどんなお弁当？」

「あ、と、えと」

「こっちきて、ほら、机をくっつけて」

西山さんに引っ張られるように、わたしはほかのクラスメイトの女子と昼食を囲むことになった。

みんながコンビニで買って来たらしいサンドイッチや菓子パン、カラフルな色合いのお弁当箱を取り出す中、わたしが恐る恐る自分のお弁当箱を置くと、視線が一斉にこちらを向いた。

「弓子から水守さんのお弁当がすごいって聞いて楽しみにしてたの！」

「そう、ほんとすごいんだから！」

得意そうな顔をする西山さんたちから期待のまなざしが集中して、わたしの顔はこわばる。

うええそんなハードル上げないで！

……こ、こうなったら仕方がない。

ええいままよ！　と思い切って彼女たちの前でお弁当のふたをあければ、驚きの声があがった。

「うわあ、健康そう！」

「ザ、和食……！」

「でもなんか綺麗だよね、彩りとか」

「でしょでしょ！　特にこの黄色い卵焼きとかおいしそうで」

そんな風にきゃいきゃい言う彼女たちのもの欲しそうな視線に気圧されて、そっと自分のお弁当を机の中央に寄せた。

「よ、よかったら」

「やったありがと！　この卵焼き食べてみたかったの！」

「私シャケ！」

「この煮物が気になるのよね」

それぞれ好きなおかずを口に運んだ瞬間、彼女たちは黙り込んだ。

やっぱり地味な和食はおいしくなかっただろうかと不安になっていると、西山さんの顔が勢いよくわたしを向いた。

「なにこれ、お寿司屋さんの卵焼き!?　すっごいふわふわで予想以上においしいんだけど！」

「ええと、ただのだし巻き卵、だよ？」

「あたしの知ってる卵焼きと違うよ!?」

「ねえ、シャケってしょっぱいだけじゃないの。こんなにしっとりしていてしょっぱくないの初めて食べたあ！」

「一度ゆでてから焼くと、余計な塩分が落ちるから」

「水守さんそんな手間をかけてるんだ……！」

「この煮物、香りまでおいしいわ」

「だしがうまくとれたかな」

「ちょっと待って、だしを自分でとってるの!?」

驚かれたり、感心されたり、うっとりされたり、あきれられたり、西山さんたちに口々に言われてたじたじになった。

「とにかくおいしいよ！　うちのお母さんよりもずっと！」

「これを一人で全部作ったたって……」

「どうやって覚えたの？」

「ええとその……」

神饌《しんせん》を作るために、基本的な調理方法は水守で仕込まれていたとかは言いづらい。

そのあとも次々とおかずの交換をお願いされて、彼女たちが食べるたびに感心してくれるのが、すごく照れ臭くて。

自分のお昼がほぼ彼女たちからのもらい物おかずになったのにも気づかなかったほどだ。

それでもやっぱり彼女たちの会話は目まぐるしくて知らない単語が多かったりして、ついていくことは出来なかったけど、あきれられず、むしろ面白がって一つ一つ説明してくれたりした。

「やっぱり水守さんはへんな人ね」

「でもなんかおもしろい！」

「あり、がとう？」

「うん、そこでお礼を言えるのはすごいわ」

……正直言えば、彼女たちのしみじみとした言葉の意味はわからなかったけど。

彼女たちとの限りなく厚かった壁がすこし薄くなった気がしたのだった。


そのあとから、西山さんたちとはよくお昼ご飯を一緒に食べるようになった。

特に、西山さんは親しく話しかけてくれて、わたしもなんとか、一言二言ずつだけど、彼女たちの会話に加われるようになった。

自分でもびっくりしている。初めての同年代の友達だ。

でも胸の奥からじんわり嬉しい。

このまま、平穏に普通の高校生になじんでいくのだ。

そう思っていた矢先だった。

☆

わたしが教室で挨拶をすれば、クラスメイトの何人かが応じてくれた。

それだけで嬉しくなりつつ席に着いたのだけど、珍しく西山さんがいない。

いつもわたしよりも早く登校してくることが多いのに。

すこし不思議に思っていると、始業時間ぎりぎりになって西山さんが入ってきた。

でも、その顔色は明らかに悪かった。

「おはよー……」

「あれ、弓子どうしたの？」

「元気ないねえ」

見るからに元気のない西山さんを女子生徒たちが気遣うけど、何でもないと笑う。

でも、その笑顔にも元気はない。

「何か昨日からだるくてさ。まあきっと休めば大丈夫だよ。って、水守さんも顔色悪いけど大丈夫？　何かあったの？」

「う、ううん」

西山さんに逆に心配されてしまったわたしは、あわてて首を横に振った。

たぶん、それくらいには顔が青ざめているのは自覚している。

でも、言えるわけがない。

それはわたしにしか見えないのだから。

おっくうそうに自分の席についた西山さんの周囲には、黒いもやのような瘴気《しょうき》がまとわりついていた。

陰の気が大地に淀んで変質したり、禍霊《まがつひ》が生み出したりしてはびこる瘴気は、妖にも現世の生き物にも毒になる穢れだ。

大地に淀めばその土地が穢れ、妖が取り込んでしまえば禍霊に、人なら病になり最悪死に至る。

瘴気を祓うためには神社へ行ったり、禊ぎをすればいいのだけど。

今回は病気になるほど穢れていなくても、対処の仕方を知らない西山さんにとってはかなり辛いはずだ。

どうしよう、と迷ったのはほんの少しの間だった。

「西山、さん」

「なに?」

「ちょっと、屈んでくれる?」

素直に屈んでくれた西山さんに、わたしは覚悟を決めて手を伸ばした。

「他人の瘴気を自分の身に移すとは、無茶なことをするのう」

「うー……」

ナギのあきれ声に言い返す気力もなく、わたしはシーツから半分顔を出してうなるだけだった。

西山さんにまとわりついていた瘴気を自分に移したわたしは、真っ青な顔で座っているのを先生に見とがめられて、保健室行きを命じられたのだ。

正直限界だったので助かった。

霊力は操れないくせに、昔から瘴気を吸い寄せやすいたちで、近づいたりふれるだけで自分に移せてしまうのだ。

昔も、討伐から帰ってきた術者たちとはち合わせて、彼らについた瘴気をもらい、目を回して倒れたことがあるほどだ。

それでさらに役立たずという評価が固まったのだと、当時の暗澹《あんたん》たる気分を思いだしたけど、ふと最近は寝込むことも少なかったことに思い至る。

あの程度の瘴気で倒れかけたのは、明らかにわたしが日々の修行を怠っていたからだけど、陰の気が多くはびこる都心で暮らしているのに、体調を崩したのは今日が初めてだ。

ちらりと傍らのナギをうかがえば、同じタイミングで手が伸びてきてぎょっとする。

思わず目をつぶったわたしは、額にひんやりとした手のひらを感じたとたん、すっと体が軽くなった。

「ふむ、こんなものかの」

目を開ければ、ナギが手のひらに集めた黒い瘴気を握りつぶして消滅させていた。

「あんたは、大丈夫なの」

「わしは超強い式神なのでな。この程度瘴気のうちに入らぬよ」

たぶん、そうやってわたしの知らないところで影響を及ぼす瘴気を祓っていてくれたのだろう。

かなり不本意だけど、ナギのおかげで健康に過ごせていることを認めざるを得なかった。

体を起こしたわたしは、カーテンの外の気配をうかがい、ほかに人がいないことを確認してから
ナギに小声で話しかけた。

「ねえ、西山さんは……」

「おそらく禍霊に目を付けられておるな」

あっさりと肯定されたわたしは、唇をかみしめてうつむく。

禍霊に変じてしまった霊や妖たちは正気を失い、人々を襲い、その魂魄《こんぱく》を食らう。

だけど、どんなモノを好むかはその禍霊によって変わり、強い個性となって表れるのだ。

変質する前に持っていた嗜好や人格が影響されるのだ、とわたしは水守で教えられていた。

「子鬼どもも言うておった。瘴気に呑まれた霊が娘どもを襲うておるとな。日は浅いようだが、死人が出るのも時間の問題だのう」

「最近瘴気に呑まれたって、もしかして、前にわたしを襲った奴？」

「おそらくの。どうやら懲りずに歩き回っておるらしい」

ホームルームで、若い女性が路上で倒れているのを発見される事件が続発しているため、夜遅くならないうちに下校するようにときいたのを思い出して真っ青になる。

あれからずっと歩き回っているのだ。どこからか瘴気を取り込んで。

わたしが放置していたばかりに、どんどん被害者が増えている。

「どうしよう……」

「なにがだ」

「だ、だって、禍霊に西山さんがねらわれているのよ。どうにかしなきゃ」

「なぜどうにかするのだ。ぬしに被害はなかろう?」

瞬間的にかっとなりかけたけど、ナギの心底不思議そうな顔を見たわたしは、背筋に氷をつっ込まれたような気分になった。

そうだった。所々人間くさいところがあっても、ナギはあくまで式神だ。

ナギが約束したのはわたしの守護で、それ以外のことに手を出す理由はないのだ。

「じゃ、じゃあ西山さん助けてよ、ナギ」

「いやだ」

精一杯の勇気を込めて頼めば、あっさりと拒否された。

「それこそ何で！　あんたはわたしの式神でしょ、この間みたいに禍霊を追い払ってよ！」

「わしには関係ないからのう。ぬしが無事であればどうでも良い。それに祓う、となると厳しいの」

「は?」

「今のわしは本来の力を発揮出来ぬからな。一時的に隠世へ追い払えはするが、禍霊を消滅させるほどの力は振るえぬのだ。禍霊となった今、いったん目を付けた獲物をそう簡単にあきらめるとも思わぬのでな。意味がない」

とんだ役立たずだと白い目を向けたのだが、どこ吹く風のナギにきり返された。

「それほど助けたくば、己でやれば良かろうに」

「それは、だって」

自分には、力がないから。

そうだ、ナギを責めることなんて出来ないじゃないか。

わたしだって見えるだけで、霊力を操ることも、禍霊を祓うことも出来ない。

自分の力では西山さんを助けることも出来ない。

「まあ、騒ぎが大きくなれば、術者共も自然と気づくであろう。奴らがやってくるまで、その娘の無事を祈ることだな」

ナギに淡々と言われたわたしは、自分でもなにがなんだかわからなくなった。

そっか、あきらめるってことも出来るんだ。

これは自分の手の及ぶ範疇《はんちゅう》ではないのだから。

「徒人《ただびと》として生きるのであれば、それが自然だ。不条理がたまたまその娘に当たったと言うだけの話。ぬしが悩む必要はない」

ナギの優しい声を聞きながら、わたしはベッドサイドのかごにおいていたスマホを見つめた。

姉に連絡すれば、ずっと早く術者が来てくれる。

それでも、こちらに派遣されてくるまで二、三日はかかるだろうけど、その間西山さんが襲われないように祈っていよう。

……薄々、それでは間に合わないだろうと思っているのに？

初めての犠牲者になってしまうだろうとわかっていて、目をふさぎ、耳をふさぎ。

「……でも」

わたしは白くなるほどきつく拳を握りしめて、ナギのどこまでも優しい赤の双眸を見上げた。

「西山さんは、わたしに、話しかけてくれたの。見捨てるなんて、出来ないよ」

わたしは禍霊に襲われた人々の、無惨な最期を知っている。

人が取り込まれてしまえば、その人ごと禍霊を消滅させなくてはならないこともある。

禍霊の恐ろしさをいやと言うほど知っているわたしは、今でも心臓にぎりぎりとねじをつっ込まれているような恐怖を感じている。

でも、それがわたしの偽らざる気持ちだったのだ。

「ねえ、ナギ、何でもするから。何か、出来ることはないの」

今、少しでも可能性があるとすれば、この式神以外にないのだ。

こぼれそうになる涙を我慢して、わたしは傍らにいるナギに懇願した。

すると、ナギは興味深そうに双眸を瞬かせた後、ゆるゆると含みのある笑みを浮かべたのだ。

「何でもする、と言うたな」

「だったら、なに」

「ならばぬしが己で祓うが良い」

この式神はなにを言っているのか、とわたしは耳を疑った。

「それ、嫌みで言っているんならたちが悪いわ。わたしには祓うための呪符も術式も使えないの知ってるでしょ？」

「呪符も術式もなしに祓えるよう、わしの力の一部を貸そう」

「……それって、あんたの霊力をわたしが使うってこと？」

何でそんなまどろっこしいことを。制限をはずしてナギが祓ってくれればいいのに。

というわたしの考えを見透かしたのか、ナギにあきれた顔をされた。

「ぬしは霊力がなくて、退魔の術が使えぬと言われてきたのだろう？　わしの省エネモードを一時的にでも解けば、ぬしの貴重な霊力をわしが食らうことになるぞ。それに耐えられるのか？」

「うっ」

「だが、わしが貸すだけであれば、ぬしは霊力を使わずに力を使える。それなりに体に負担はかかろうが、わしは超強い式神なのでな。力の一部とはいえ、そこらの禍霊など簡単に祓えるぞ」

「本当に、そんなこと出来るの」

「わしは、うそは言わん」

ナギは涼しい顔で言い放つが、式神の霊力を借りて退魔をするなんて、今まで退魔について学んできたわたしは聞いたことがない。

だけど、今ナギがうそをつく理由も見あたらなかった。

「なんで、急にそんなこと言い出すのよ」

「まあわしも、乙女たちが少なくなるのは憂うところであるからの。ぬしに力を貸すだけというのであれば、やぶさかではない。……まあ、それなりの対価はもらうがの」

本音か方便か……いや、これはおそらく本音も入っているのだろうとわたしはナギの今までの行動と言動から思った。

そのとぼけたような態度は、大いに胡散《うさん》臭い。

だけど、今のところそれにすがるしかないのだ。

「対価は、なに」

聞いた瞬間のナギは、まるで獲物が勝手に目の前に落ちてきた獣のように愉快げだった。

微妙に嫌な予感がする。

楽しげに唇の端をつり上げるナギは上機嫌に言った。

「なあに、大したことではない。わしの用意する浄衣《じょうえ》を着てもらうだけだ」

「浄衣？」

「ぬしは瘴気に弱かろう。そのための対策だよ」

浄衣は、神職が祭事を執り行う際に身につける衣服だ。

男性だったら狩衣《かりぎぬ》や直衣《のうし》、女子ならば袿袴《けいこ》などがあるけど、退魔師たちも大がかりな退魔をする際に、瘴気から身を守るため、特別にあつらえられた衣服を着ることがよくあった。

基本は呪符を携帯しやすいように工夫された小袖に袴だけど、わりと形は自由だったりする。

お姉ちゃんも、水守の用人たちが作った特製の上着を着ていたなあ。

そのたぐいかと思ったわたしはうなずいた。

「わかった。着る」

「よし。では、鈴を振ってみよ」

言われるがまま、わたしはポケットから取り出した銀の鈴を振った。ろん、と涼やかな音色が響くと、濃密な気があふれ出し、虚空からにじむように何かが形作られていく。

そうして現れたその衣装に、わたしは目を点にした。

衿の合わせ方や、袖の形からして基本は着物なのだろう。

だけど、その下はなぜかふんわりと広がったスカートで、裾には柔らかなフリルが波打っていた。

帯も、普通の帯ではなくコルセットのようなもので、隣にはフリルのたっぷりあしらわれた真っ白いエプロンと、同じくフリルカチューシャが一緒に浮かんでいる。

袖や肩に散る模様はかわいいけれども。

ご丁寧に編み上げブーツまで用意されているその衣装が理解出来ず、呆然と問いかけた。

「なに、これ？」

「和メイド服、というやつだな」

「わ、和メイド……？」

「メイド服に和の要素を取り入れた衣装の総称だ。メイドの清純さと、大和撫子の奥ゆかしさによって相乗的な魅力を引き出すすばらしき衣装でな、コアなファンがおる」

「そうじゃなくて、これが、浄衣!?」

得々と語るナギにたまらず声を張り上げれば、ナギはなぜか自慢げに胸を張った。

「わしの力の一部で作った力作だ。瘴気など寄せ付けず、禍霊を祓えるぞ」

「力の一部なら自由に変えられるのに何でこんな特殊な服なのよ！　浄衣なら巫女服とか狩衣とか、もっとふさわしい形があるでしょう?」

「なにを言うか、世の男にとってメイド服は神聖な仕事着だぞ。あまたの娘たちがこれに似たモノを着て日々奉職しておるのだ。浮き世のしがらみを健全に忘れさせてくれる！　ああすばらしきかなメイドさん！」

ぐっと拳を握って主張するナギに、だめだこいつ……！と、わたしは頭を抱えた。

わたしだってモノ知らずではない。

そういう文化があることぐらいはテレビとかで見知っているし、ちょっとおおとか思うけどそういう仕事を否定する気もない。

だけど、それは一部の選ばれたかわいい女の子だけの、特別な空間の中での話だ。

なにより、

「これを着て、外に出るなんて、恥ずかしいじゃない！」

それが、わたしの切実な魂の叫びだった。

こんな特殊な衣装を着て、何の変哲もない町中を歩けば恐ろしく目立つ。もしかしたら高校の顔見知りに会うかもしれない。

目立たず平穏に過ごしたいわたしにとって、それは身の破滅に等しい。

「着ておれば、ぬしをぬしと認識出来なくなるよう呪はかけておるから安心せい」

「そういう問題じゃないの！　それにこんなふりふりした服着たことないし、そもそもわたしなんかに似合うわけないし！」

「何を言うか、ぬしの愛らしくそのまろい肢体に似合わぬわけがない！」

「背が低くてぽっちゃりしてて悪かったわね！　もっと普通のにしてよ！」

「い、や、だ」

わざわざ言葉を区切ったナギは、にやにやと笑いながら着物の袖に手を入れて腕組みした。

「それが対価であるから譲りはせんぞ。目の保養をしたいのでな。わしはかような方法があると提示したまで、ぬしが着たくないというのであれば、それでもよいのだ」

「無理強いしないいんじゃなかったの!?　似合わないって言ってるのに着せようとするなんて悪趣味よ！」

「わしの趣味の良さは折り紙付きだぞ。似合わぬ物などだしはせん」

ナギに意外なほど心外そうにされて、ちょっと面食らった。

でもナギの偏った見方が一般的なわけがないし、嫌がるわたしを前に喜んでいるなんてやっぱり趣味が悪い。

だけど、わたしはそれ以上言い返すことが出来なかった。

なぜならこれはわたしが頼んで、ナギが譲歩をしてくれているのだから。

今すぐにでもナギは前言を撤回して、力を貸さないと言うかもしれない。それはまずい。

でもこれを着る？　ありえないほどふりっとひらっとしたこの服を？

「でも、でも……」

「ぬしよ、悩むのは自由だが、あまり時間はないぞ」

さあどうする、とナギはにんやりと笑う。

わたしにはその笑顔が、闇へ引きずり込む鬼や夜叉の笑みに見えた。

嫌なのは理屈ではないのだ。

着るのは恥ずかしいし、ナギの思い通りになるのも嫌だ。

やめたい、やめたい。こんなの着たくない。

けれども。

わたしはぎゅうっと拳を握りしめ、ふんわりと形よく虚空に浮かぶ和メイド服を涙目でにらみ付けたのだった。

閑話　西山弓子の場合

西山弓子は人気《ひとけ》のない帰り道を歩いていた。

学校から若い女性ばかりをねらった通り魔の話は聞いていたけど、最近感じていた体の重みがなくて、久々に部活動に打ち込んでいたら、あっという間に時間が過ぎていたのだ。

夕闇にかげった黄昏の中、弓子が思い出すのはクラスメイトの水守依夜のことだ。

小柄な体を校則通りの制服で包み、真っ黒な黒髪をいつでも三つ編みにしているけれど、前髪は目元がわからないほど長くて、素顔はよく見えない。

でも、いつも気がつくと教室にいてひっそりと席についている彼女は、まるで昭和から抜け出したかのようだった。

もちろんクラスの中で浮いていた。

クラス委員としては、何となく気にかけてはいたものの、正直弓子もどうしていいかわからず敬遠していた。

当然だろう。

長い前髪で隠れて表情は読みとれず、授業中以外ほとんど声を聞いたことがない。

でも、彼女が背筋を綺麗に伸ばして机に向かう姿には不思議な清涼感があって、弓子は密かに見とれていた。

そんなとき、登校途中、偶然彼女が歩いているのを見かけた。

突風でも吹いたのだろう。

ぱっとスカートが翻って、太ももあたりまで……いやぱんつまで見えたのはちょっとかわいそうだと思った。

慌ててスカートを押さえた彼女は、なにもない場所に怒っていたが、見られていたことに気づくと羞恥心にかあっと頬を赤らめ、脱兎のごとく逃げ出した。

意外なほど素早く逃げて行く彼女を呆気にとられて見送った弓子は、同時に教室で見るのとは全く違う、感情豊かな彼女に驚いて、一気に興味がわいたのだ。

すぐ行動が信条の弓子が早速話しかけてみれば、ちょっと変なところはあるけど、普通の女の子だった。

真っ赤になってスカートを摘んできたところなんて、小動物のようでかわいくて、にやけそうになってしまったのは気づかれてはないと思う。

驚くほど自信がなくて、一人でいたのも、流行に疎くて話しかけられなかったというだけだった。

弓子が話しかけるようになってからも、自分のことはほとんどはなさないし、積極的に会話に参加はしないけど、絶妙に相づちを打ちながら静かにきいている。

それがとても落ち着いて、なんかいいなあと思うのだ。

でも、そのときの少しだけ口角を上げているのも良いけれど、弓子はあの時のようにぱっと顔を赤らめる……出来るなら満面の笑みを見てみたかった。

それが弓子の目下の目標だ。

けれど、今日の依夜は顔色が悪く、授業の途中で保健室へ行ったほどで、とても気になっていた。

心配なのももちろんあるけど、その顔色の悪さが、体調の悪かった弓子をふんわりとなでてくれた後からのような気がして。

彼女の手が弓子の頭や肩を滑った瞬間、体からだるさが抜けていった気がしたのだ。

十中八九気のせいだろうが、それでも気にかかることには変わりない。

彼女は学校近くのアパートで一人暮らしだと言っていた。

後で電話をかけてみようか。

なんならお見舞いに行ってみるのもいいかもしれない。

よし、と決意したところで、ふと依夜に帰り際言われた言葉を思い出した。

『西山さん、しばらくは日が暮れないうちに、帰ってね』

大丈夫、とその時は明るく返して忘れていたのだけれど、前髪の陰からのぞく、思い詰めた瞳がすこし引っかかった。

今更ながら気になって、いつもより外灯が暗い気がする通りを足早に歩く。

すうっと、ぬるい風が吹いて、弓子は背筋がぞわりとした。

おかしい。冷たい風でもなかったのに、妙に寒気がする。

それになぜか、体が重く感じて歩くのさえおっくうだ。


かつり、とコンクリートをひっかくような音がした。


弓子は、はじめそれが何の音かわからなかった。

それは犬がコンクリートを歩く音に似ていたけど、それよりもずっと重量感がある。

弓子が歩くのにあわせて聞こえてきて、何かが後ろからついてきているのだと気がついた。

かつ、かつ、かつ、と音は弓子のローファーの硬い足音に合わせるようについてくる。

弓子がゆるめればその通りに、速めればより速く。

しかもだんだんと近づいてくる気がして、弓子は思わずスクールバッグを握りしめた。

いつもなら一人や二人は歩いているのに、今日に限って人通りが全くない。

心臓がどくどくと早鐘を打つのが聞こえた。

後ろに、なにがいるのか。

耐えきれなくなった弓子は、ぱっと、後ろを振り返った。

「誰も、いない……」

ぽっかりと闇がわだかまるばかりで、人っ子一人いない。

気のせいだったか。

自分がおかしくて思わずくすくすと笑いながら、弓子はまた歩きだそうとした。

明日の話のタネが出来たな、と思いながら。


瞬間、生臭い臭いが漂ってきた。


何とも言い難い、腐ったような強い獣臭に弓子が振り向けば、その姿だけがぽっかりと浮かんで見えた。

おそらくは四つ足の獣、なのだと思う。

だが、その姿は弓子が見上げるほど高く、闇よりも暗い胴体には大きな目玉が体中にひしめき合い、その輪郭は、弓子が見ている間も一定せずにうごめいている。

唯一固定されている赤い大きな口からは、ぞろりと牙がのぞいていた。

こんな生き物、弓子は知らない。

あれは、何？

「きゃあああ!!」

弓子は全速力で逃げ出した。

少しでも化け物から遠くに。

だが、その足は鉛のように重く、水の中を泳いでいるかのようにうまく動かせなかった。

それでもあえぐように足を動かして、逃げる。逃げる。逃げる。

……おかしい。この道はこんなに長かっただろうか。

走っても走っても、見覚えのある通りにたどり着かない。

なんで、どうして!?　もう明るい道に出てもおかしくないのに!!

パニックになる弓子の上を、大きな影が通り過ぎ、退路を断つように、あの化け物が道の向こう側へ降り立つ。

一気に迫り来る化け物に、弓子は身を翻す間もなく押し倒されて地を転がった。

その赤い口から生臭い息が吐き出されると同時に、だらりと唾液が滴った。

打ち付けた背や頭の痛みすら意識の外で、開けられた口から、無数の鋭い牙が近づいてくるのを弓子はがちがちと震えながら眺めることしか出来なかった。

ろん、と鈴の音がした。

清涼な風を引き連れて、弓子のすぐ隣を小柄な何かが通り過ぎた。

「やあああぁッ!!」

涼やかな声音は少女の物。

どことなく破れかぶれに思えるそのかけ声と共に、編み上げブーツに包まれた足が、化け物にめり込んだ。

驚いたことに、食らった化け物は軽々と闇のしじまへ吹っ飛んでいく。

獣の圧迫から解放された弓子がはっと身を起こせば、少女がかかとを鳴らして地におり立つところだった。

結いあげられた髪と共に、ふわりとスカートが舞い広がって落ち着く。

弓子には、あの化け物と同じように、助けてくれたその子の姿がくっきりと見えた。

その少女は、弓子よりも小柄なその体を、着物を意識した意匠のワンピースで包んでいた。

膝丈のスカートはパニエでふんわりと膨らんで、ひきしまった足を彩っている。

細い腰は黒のコルセットで締められ、小柄な割りに量感のある胸が、人形のような少女に独特の色香をもたらしていた。

揺れるのが気になるのか両手を胸のあたりにやっているが、その仕草のせいでかえって強調され

ていた。

極め付きに清楚なフリルカチューシャと、たっぷりフリルのあしらわれたエプロンを着用したその少女は、ちらりと弓子を振り返ったが、すぐに視線を流して、誰かに二言三言つぶやいた。

かわいらしいその姿に、弓子は呆然と見とれていると、少女はすぐに闇に消えていった化け物を追っていく。

何で、どうして？

話しかける間もなく、背で結ばれたリボンとスカートが揺らめく後ろ姿に、弓子があわててスマホを構えた瞬間。

その姿は闇に消えていた。

重苦しさはいつの間にか消えていた。

☆

おぼろな居待ち月だけに照らされる、闇夜。

風は嫌に生臭く、粘つくような空気は異様に冷えて感じられる。

さらに禍霊がいるだけあって普通の人だったら具合が悪くなりそうな濃い瘴気が淀んでいた。

「みられたあああ！！」

そんな中、和メイド服を着たわたしは、恥ずかしさで死にたい気分で、その場にうずくまって頭を抱えた。

現世と同じ町並みに見えるけど、ここは妖たちの本来の居場所である隠世だ。

ひとたび歩き出せば、その土地の主によって景色は様変わりするし、時間の流れも違ったりする。

でも今大事なのは、全力で叫んでも現世に声は聞こえないし、姿も見えないことだ。

何度も脳裏に繰り返されるのは驚いた西山さんの表情だ。

許されるのならば、今すぐその場で転げ回りたかった。

だって、あれだけがっつりと顔を合わせることになるとは思っていなかったのだ。

こっそり西山さんの後をつけて、瘴気の濃い場所を探して禍霊を待ち伏せし、人知れず倒すつもりだった。

だけど、それ以上に禍霊の行動が早くて、西山さんを隠世に強引に引き込んで、わたしの前からかき消してしまったのだ。

……間に合わなかったのは、わたしが和メイド服を着るかどうか悩んでいたせいじゃないと、思い、たい。

ナギがいなければ、わたしは西山さんを追いかけて、現世に戻すことも出来なかっただろうとはいえ、フリルレースな和メイド服姿をばっちり視認されてしまうのは想定外だ。

半泣きになりながら、傍らにいる元凶を見上げた。

「本っ当に西山さんにばれてないのよね？」

「わしの対策は完璧だぞ。魔法少女方式で、撮影されようとぬしを特定することは不可能だ。まあ、わしよりも呪力が高い者がおれば、見えるものもいるかもしれんが、徒人《ただびと》にはそうはいない」

魔法少女方式って何とか突っ込みどころはあるけど、今はそれを信じるしかない。

と言うより、信じないと心が折れてしまいそうだった。

わたしの隣に身軽に浮かんでいるナギは、矯《た》めつ眇《すが》めつ眺めながら、にしても、と続けた。

「何とも良き眺めだのう」

「っ……！」

その視線が胸に集中していることを悟ったわたしは、真っ赤になって胸元を両手で隠す。

服だけで見ているときには気づかなかったけど、ひとたび着てみると、この和メイド服は大いに胸を強調するデザインだったのだ。

わたしは背が低いくせに太いけど、だぼっとした服や和服だとそんなに目立たない。

なのにこれは着物の形をしているくせに胸のふくらみがよくわかる上、コルセットでウエストをきゅっと締められているせいで胸が余計に大きく見えて恥ずかしいことこの上ないのだ。

スカートの丈がそれなりにあることだけは救いだったけど、それも焼け石に水だった。

「恥じらう姿もまたよし。やはり和メイドさんはかわゆいのう」

「あ、あんまりみないでよっ」

「なぜだ。よう似合っておるし、わしがそれを愛でるのも対価のうちだぞ。期待以上であったから、隠世まで導いてやったであろう」

その心外そうな顔を全力で殴りつけたい気分になったけど、ナギの言う通りなので唸るしかない。

実際、ナギの趣味ということ以外をのぞけば、この和メイド服の性能はわたしが思っている以上のものだった。

瘴気の固まりである禍霊のそばにいて、さらに蹴り飛ばしたのに全く影響を受けていない。

さらには、いくら走っても息切れ一つしないし、屋根の上を飛び移ってショートカットするとか超人めいた動きまで出来るほど、身体能力が強化されているのだ。

水守の一族が作り出す浄衣よりもずっと高性能だ。

けれどもやっぱり和メイド服。

それに、ナギが目を細めてこちらを見るその視線が、なんだかざわざわして落ち着かないのだ。

今すぐにでも逃げ出したいけど、そうもいかない。

蹴り飛ばした禍霊が、目の前でゆっくりと起きあがろうとしていた。

初めて遭遇したあの日よりも、体を何倍も膨れ上がらせている禍霊は、すでにどんな獣だったかわからないほど形を崩し、いくつもの目玉をぎらつかせている。

赤々とした長い口は鋭い牙がずらりと並び、今も地響きのようなうなり声を響かせて敵意を表していた。

水守の子供は必ず一度は退魔の現場に連れて行かれるから、禍霊を見るのは初めてじゃなかった。

それでも向けられる悪意と負の思念は恐ろしくて、震える拳をぎゅっと握りしめる。

するとナギが近づいてきてささやくように言った。

「安心せい。今のぬしは、あの程度の禍霊になぞ負けはせん」

つまり手を出す気は毛頭ないのだな、と恨めしく思いつつも、その言葉が腹にすとりと落ちた。

瞬間、禍霊の体がたわんで、こちらへ飛びかかってきた。

動きが見えるうちは、目を離さないのが基本だ。

わたしは迫り来る牙を最小限でかわし、鋭く呼気をはきつつ、禍霊の脇へ向けて腕を突き出した。

掌底を食らった禍霊は、民家の外壁に突き当たって壁を壊していった。

隠世だから、建物が壊れてもある程度は大丈夫だとはいえ、罪悪感は半端ない。

というか浄衣すごいな!?

改めてその性能に感心したのだけど、戸惑いながらも起きあがった禍霊は、多少ふらついてはいるがまだまだ元気そうだ。

とにかく西山さんから引きはがさなくちゃ。

禍霊を誘うように走りだせば、傍らに浮くナギが妙な顔をしていた。

「先も思うたが、ずいぶんよけるのに手慣れておるのう。先の蹴りも殴りも堂に入っておった」

「どこかに適正はないかって、水守に伝わる退魔術はだいたい学ばされてるの。これも対神魔用の体術だけど、霊力を込められなくてただの護身術よ」

ほかにも、呪符や呪具づくりや浄衣を縫う作業、裏方から表まで様々なことをやったけど、すべてわたしには満足に出来なかった。

「それよりも蹴り飛ばしても、掌底打ち込んでもそんなに効いてないわよ。これでどうやって祓えっていうの!?」

「大丈夫だ、用意しておる。ぬしよ、柏手を打つがよい」

「こうっ!?」

用意してあるんなら先に言え！　と文句を言う前に、禍霊の体当たりから転がり逃げたわたしは、ぱんっと柏手を打った。

すると、霧状の淡い光がどこからともなくあふれだして、細長い形に集束した。

とっさに柄らしきところを握ったわたしは、それが何かわかって、こんな時でもたまらず叫んだ。

「これただのハリセンじゃない!?」

材質はよくわからなかったし、大きさも打刀《うちがたな》ほどはあったけど、じゃばら状に折られた特徴的な形状は、紛れもなくお笑いとか突っ込みで使われるハリセンだったのだ。

いつの間にか柄の先に例の鈴がついていたりもするけど、要するに攻撃力は全くゼロだ。

「ほう、その形になるか。ぬしはほんに愉快だのう」

「ちょっと、どうしたらいいのこれ!?　こんな時にまでわたしをからかわないでよ!?」

わりと本気で怒るわたしに、ナギは笑いをかみ殺しながらも言った。

「安心せい、それも立派な呪具だ。名を天羽々斬《あまのはばきり》と言ってな……」

「冗談は良いからまともなのを――きゃっ!!」

突然足を取られてすっころんだ。

はっと見れば、いつの間にか追いついていた禍霊の尻尾の部分が長く伸び、ブーツに巻き付いていたのだ。

瞬間、ぐんっと強く引っ張り上げられたかと思うと、地面に叩きつけられた。

背から抜ける衝撃に、わたしはかふりと息を吐かされる。

浄衣のおかげか痛みは少ないけど、衝撃が貫いてとっさに動けない。

再び空中に投げられたわたしは、ナギの声を聞いた。

「気合いを込めて振り抜けい！」

「っっ!!」

わたしは無我夢中で、まだ持っていたハリセンをからみつく黒い尻尾へ向けて叩きつけた。

白のハリセンが黒の尾にふれると、バチンッという激しい音と共に、冴えた光があふれ出す。

すると禍霊の尾と瘴気は冷涼な気に変わって霧散したのだ。

『グルァウアア!!』

禍霊が初めて苦悶の悲鳴をあげるなか、尻尾から逃れたわたしは地面に着地する。

ほとんど抵抗もなく禍霊にダメージを与えられたことにびっくりしながらハリセンを見れば、刀身が淡い光を放っている。

「ふふん。魔法少女には杖が必要だからの。とっておいて良かったわい」

のんきなナギの声に若干の殺意はわいたが、これなら、いける。

わたしに力をくれるなら、この際ハリセン……はやっぱり微妙だけど何でもいい！

ぐっとハリセンの柄を握り直したわたしは、禍霊にねらいを定めて飛びかかった。

獲物だと思っていた娘に反撃されて、戸惑っている様子の禍霊《まがつひ》だったけど、それもすぐに怒りに変えて突っ込んできた。

わたしも負けじとハリセンを振るって、まずは複数に裂けた尻尾を削っていく。

スカートが翻ったり、飛んだり跳ねたりたびに、後ろから歓声が聞こえてものすごく気が散ったけど、それでも禍霊へハリセンを叩きつけるたびに、穢れは祓われて瘴気が霧散していく。

そうしてわたしと同等の大きさになるころには動きも鈍くなり、明らかに弱ってきているのが手に取るようにわかった。

もう一踏ん張りだ、と、握るハリセンに力を込めたわたしだったけど、その黒い淀みの体内に、淡い揺らめきがあるのが見えて愕然とした。

禍霊が牙をむいて襲いかかってくるのを、ハリセンでいなしたわたしは思わず距離をとった。

ナギが訝しそうな顔をする。

「どうした、後もう一息だぞ」

「今ちらっと見えたの！　取り込まれた魂がまだ生きてるかもしれないっ」

訴えかければ、ナギがかすかに目を見開いた。

「ほう、見えるのか」

「どうしよう、このまま削り続けたら消滅させちゃうの!?」

「なぜかようなことを気にする」

「当たり前じゃない！　魂は消滅したら二度と輪廻を巡らないのよ？　瘴気さえ取り込まなければ、いずれ生まれ変われたかもしれないのに！」

人にも妖にも等しく魂はある。その魂が輪廻を巡り、また現世へ戻って転生すると教えられたわたしにとって、消滅させるのは殺すのと同じ意味だ。

禍霊になってしまったならしょうがないと思っていたから、今まで攻撃出来ていたのだ。

まだ生きているかもしれないとわかったとたん、怖くなってしまうわたしは、きっと霊力があっても神薙にはなれなかっただろう。

それに、一度禍霊に変じたモノを無傷で救いだすなんて芸当は高位の術者でないと出来ないことだ。

今まで渡り合うので精いっぱいのわたしに、そんな高望みは出来ないのだ。

覚悟を決めるしかないと、大きく呼吸を繰り返す。

これは、西山さんを守るためだ。自分を守るためだ。

でも、やっぱり苦しかった。

「安心せい」

体に力を込めようとした矢先、その声にはっと振り返れば、ナギは意外に柔らかな表情で言った。

「その剣は、ぬしの願いに反する事象を生みはせん」

「信じて、いいの」

「わしはうそは言わん」

ごくりと、つばを飲み込んだわたしは、反転して飛びかかってきた禍霊の爪をよけた。

そして体勢が崩れる禍霊に向けて、祈るような気持ちでハリセンを振りかぶった。

ハリセンなんだから、誰も傷つけたりしないでよ！

「祓い賜え、清め賜え！」

わたしは無意識に口に付いた祓詞《はらえことば》と共に、ハリセンを禍霊の頭部に振り下ろす。

風船を叩き割ったような感触がした。

瞬間、大気が大きく渦を巻き、ハリセンが触れた場所から、強烈な風が巻き起こり、玲瓏《れいろう》な冴えた光があふれ出した。

その光はわたしの視界を遮ることはなくて、禍霊の瘴気が一気に払い落とされていく様子をつぶさに見る。

そしてぱっと光が散るのと同時に、袖や裾をはためかせるほどの風が唐突にやんだ。

瘴気の代わりに残ったのは、傷一つない霊魂だった。

劇的な変化に驚きつつも、息をついたわたしは、生前の姿をとった霊魂にほっと笑いかけた。

「おまえ、犬だったのね」

その、瘴気を祓われた霊魂――ゴールデンレトリーバーはわんっと一声鳴くと、わたしに飛びかかってきた。

それなりの大きさがあるレトリーバーを支えきれずにしりもちをつくと、のしかかってきたレトリーバーは尻尾をちぎれんばかりに振りながら、顔と言わず首と言わずなめてきた。

「ひゃっ！　ちょっと、くすぐったいっ！」

実体はないから涎《よだれ》はついたりしないけど、何となくこそばゆさがあって落ち着かない。

でもなんとなくお礼を言われているのはわかったから、ひきはがすのも躊躇していると、高みの見物をしていたナギが傍らに降りてきた。

「どうやら元は飼い犬だったようだな。おおかた遊んで欲しくてさまよっているうちに瘴気にさわって変質したのだろう」

「……そっか」

わたしは最初の出会いを思い出して、ほんの少し罪悪感がわく。

禍霊になる前だったあのとき、スカートを引っ張ったのは、傷つけたいからじゃなく、遊んで欲しかったからだったのかもしれない。

もしわたしが、あのとき意図を察して願いを叶えてあげていたら、禍霊とならずにすんでいたかもしれないと思うと、少し悔やまれた。

せめてもの慰めにレトリーバーの頭をなでてやると、ますます嬉しそうにはしゃぐ。

黄金色の毛並みはつやつやとしていて、体温が感じられないこと以外は生きている犬みたいだ。

ほとんど区別がつかないということは、傷をつけずに魂から瘴気を祓えたということで。

術者でも難しいことを本当にやれてしまったのだ、という驚きもあるけど、なにより魂を消滅させずに済んだことに、泣きそうになりながら匂いの感じられない毛並みに顔をうずめた。

この子はもう死んでいる。

それでも、無事でいてくれたことが嬉しかった。

「……ん？　ね、ねえちょっと、どこに頭を突っ込んで……ひゃんっ」

少しの間そうしていたわたしだったけど、レトリーバーがわたしの衿元にまで鼻をつっ込んできたときには慌てた。

荒い息がかかるのがくすぐったくて、思わず変な声まで出てわき上がる羞恥に軽く思考がパニックになった。

「ほほう。娘ばかりねらっておったのは飼い主が女子高生だったからか。獣とて侮れぬ良き趣味をしておるの」

愉快げなナギにわうっ！　と吠えたレトリーバーは、どこか得意げだ。

どういう意味？　と考える前に、自分の状態が見えて息を呑む。

レトリーバーに乱された衿はもがいたことでさらにはだけて、丈があるはずのスカートが太ももまでめくれあがり、太ももがかなりきわどいところまでのぞいていた。

ぶわっと頭に血が上ったわたしは、ありったけの力を込めてレトリーバーを引きはがした。

「早く輪廻に戻りなさい。今度こそ滅するわよ！」

怒鳴られたレトリーバーは一瞬耳をへたらせたけど、ふさりと尻尾を振ると、そのまま淡い燐光《りんこう》となって走り去っていった。

別れの挨拶のように吠え声を響かせて。

最後の燐光がはかなく散り消えるのに、少し寂しさを感じた。

だけどそれも一瞬で、わたしは傍らに置いていた特大ハリセンの柄を握り、感心したようにレトリーバーの消えていった方向を眺めているナギを向いた。

「黄泉路《よみじ》への道も思い出したようだな。最後にサービスして帰るとはさすがは犬だ。恩義は忘れぬ」

「ナギ……」

「うん？　なぜハリセンを振りかぶっておるのだ」

「こんの変態式神が――――っ！！」

全力でハリセンを振り抜いたのだけど、案の定悠々とよけられた。

ぐぬぬとしつつ、もう一度振りかぶったら、からからと笑うナギは指を鳴らす。

すると、時が間延びしたような感覚の後現世に戻っていた。

禍霊を祓ったことで、現世に漂っていた瘴気も薄れている。

これなら、放っておいても土地の自浄能力で消えていくだろうと、夜の澄んだ空気に、思わずほっと息をつく。

と、体が光に包まれて、ぱっとはじけた後には元の制服に戻っていた。

驚いたわたしだったけど、急にめまいを感じてさらにとまどった。

手元に残っていたハリセンも地に落とす。

体が異様に重くて、とても立っていられない。

そのまま崩れ落ちかけたところをナギに抱きかかえられたけど、文句を言う気力すらなかった。

「お疲れ様だ。ぬしよ、よく休むといい」

しっかりとした腕が憎らしかったが、冴えた外灯の光の中で見たナギの表情は、今まで見たことないほど優しくて。

「な、に……？」

「ようやったの。さすがわしの主《あるじ》だ」

低く柔らかな声を最後に、わたしの意識は滑るように闇に落ちた。

☆

目を開けると、自分の家の天井が見えた。

部屋は窓から入る光で明るくて、横たわっているのはなじみ深い布団の中だった。

どうやら朝らしい。

「う、ん……？」

でも異様に体がだるくて、全く身が起こせなかった。

それでも鉛のように重い腕をゆっくり動かして、何とかスマホを取って画面を見れば、時刻はすでに十時。

完全に遅刻だ。

「……っ!?」

一気に目が覚めたわたしは、慌てて跳ね起きようとする。

その瞬間、体中に痛みが走って布団に逆戻りせざるを得なかった。

え、何で？　というかそもそもいつ帰ってきた？

節々の痛みに耐えながら混乱していると、不意にのぞき込んできた赤い双眸にぎょっとする。

「おお、ぬしよ。おそようだな」

「おき、上がれないんだけど」

なぜか三角巾にかっぽう着を身につけているナギに訴えかければ、当然だという感じでうなずかれた。

「普段やらぬことをいきなりやって、体に負担がかかったのだ。筋肉痛みたいなものであるから、使えば使うほど鍛えられて、いずれはなくなるだろうよ」

使えば使うほどどってあんなこと何度もあってたまるか！

「もう、二度とやらない！」

「まあうまい物を食ってぐっすり眠ればようなるから、安心せい」

さらりと頭をなでる手を振り払いたかったけど、腕を上げるのもつらかったので、むすりとにらみつけることしか出来なかった。

「でも、がっこうに、行かなきゃ」

「おう、そちらは弓子とやらにＬＩＮＥをとばして、学校に休みと連絡してもらうよう手配したぞ」

な　ん　だ　と！

握ったままだったスマホを操作してみれば、確かに西山さんとのやりとりのページにわたしが入れた記憶のないメッセージが入っていた。

「パスワード！」

「こう、ちょいとな。ちなみに、誕生日は止めておいた方がよいぞ」

「ううー……」

悪びれた風もないナギに、わたしはぎりぎりと歯嚙みするしかない。

キーボードを手元も見ずに目にも留まらぬ速さで叩くナギに負けないように、せめてスマホは、と思っていたのに、技術面で完全に負けている。

とりあえず、あとでパスワードの変更の仕方を調べよう。

そうしてしぶしぶ学校へ行くのをあきらめたわたしは、ようやく先からの疑問に突っ込んだ。

「ねえ、その格好、一体なに？」

「おさんどんという奴は、このような格好をするだろう？」

「そうだけど。なんであんたが三角巾とかっぽう着をつけてるわけ。それにこの匂い」

先ほどからだしや醬油の良い匂いが部屋に漂ってきていて、落ち着かなかったのだ。

「ああ、起きたら腹が空くだろうとおもうてな。適当に作ったぞ」

こともなげに言ったナギに、わたしは目を丸くした。

「あんた料理出来たの!?　そんな誰かに面倒見てもらわないとだめっぽそうな生活感ゼロの顔してて!?」

「……ぬしよ。遠慮がのうなっているのは嬉しいが、わりとひどい言われようだのう」

珍しく多少しょげた様子のナギに、微妙に言いすぎたかなと思ったけど、それくらい驚いたのだ。

だって、こいつどっからどう見てもヒモかジゴロにしかならなさそうな感じだし。

実際、わたしがご飯を作る最中もそのようなそぶりを一切見せなかったというのに。

「煮て焼いて食べられるようにするくらいは訳ないぞ。ほかにも洗濯、掃除はやれぬこともない。今はいくらでも楽が出来るからの。訳はない」

つまり家事全般は出来るってことだ。高位の術者にはそういう雑事を式神に任せる人もいるけれど、まさかナギまでそんなことが出来るとは。

「なんで隠してたの。と言うか何で出来るの？」

「隠しておったわけではないぞ。ぬしは全部一人でやると言いはっておったからの。手を出すのは控えておったまでだ」

わたしはぐっと息を詰めた。

突然入り込んできたこの式神に、家のことは何もやるなと言っていたのは、洗濯物や生活品をさわられたくなかったというのも一つだったけど。

一人で生きていくんだから全部自分でやらなくては、と意地を張っていたのは自覚していた。

「何で出来るかといえば……そうだのう。ちいと前に、今の世は男子でも家事が出来ねばならぬのだと諭されての。趣味で覚えたのだよ」

趣味、というのが何ともこの式神らしいけど、そうやってやる気にさせたその人もすごい。

「昔にもあんたを使役してた奇特な人がいたの」

「ちと違うなあ。飼い主にはなってくれんかったからの。だが、約束はしてくれたのだ」

ナギは少し寂しそうに、でも嬉しげに口元をゆるめて微笑していた。

その表情には最近見慣れてきたわたしでも、はっとするような柔らかさと切なさがこもっていたけど、飼い主発言で台無しだった。うん、いつも通りだ。

でもその人についてはちょっと気になる。

「約束ってどんなことをしたの」

「秘密だ。大事な約束なのでな。今のぬしには言えぬよ」

「何それ、そこまでもったいぶっておいて言わないなんて」

むっとしたわたしだけど、人の大事な約束を無理矢理聞き出すような性格の悪いことをするのもどうかなと思ってあきらめた。

だけど、使役関係を結ばずにこいつに言うことを聞かせられたその人は、よほど高位の術者だったのだろう。ナギを起こしてしまったことがばれてしまうけど、いつか会えないかな。

そんな風に考えているうちに、ナギはいつもの人を食った表情に戻っていた。

「まあ、そういうわけで、式神としては主をねぎらうのも一つの役割だろうと思うて用意してみたが、食すか？」

「いや、でも……」

まあいろいろ驚きが冷めやらないわたしだったけど、正直、こいつの手料理という物が想像出来なくてためらった。

だって三角巾とかっぽう着が微妙に似合わないし、こう料理が出来るのが自称でめちゃくちゃなものが出てくるかもしれないし！　それに……

ぐう、と盛大な腹の虫が鳴った。

ナギはお腹が減ったりしないから、必然的にわたしである。

じんわりと頬が熱くなることを自覚していると、ナギはからからと笑いながらひざを立てて立ち上がった。

「腹は正直なようだの。腹が減っておるなら回復も早かろうて」

「い、いいからっ！　だって自分で食べられないしっ」

「安心せい、わしが食べさせてやろう」

「だ、だからそれが嫌でっ」

だけど、動けない布団の中から言っても意味はなく、わたしは布団を丸めて作った背もたれに体を起こして食べさせてもらうことになった。

ナギが用意していたのは、だしで煮て卵を落とした雑炊だったのだが……恐ろしくおいしかった。

や、もう部屋に充満している匂いからして、かつおと昆布っていうのはわかっていたんだけど、口に入れた瞬間かつおの香りが口いっぱいに広がるのだ。

香りまでおいしいってこういうことなのかと思い知り、さらにやけどしないけどおいしく食べられる温度に調整されているにくい心遣いに謎の敗北感を覚えた。

子供よろしく抱えられて一匙ずつ差し出されるのは屈辱的だったけど、その薫り高いだしと、空腹に負け涙目で一口残さず食べきってしまう。

これわたしが作るよりおいしいんじゃないか!?

結局最後までナギに世話をされて、なんかいろいろなモノを失った気になりつつ布団に戻れば、楽しげなナギが言った。

「手洗いを使いたければ声をかけい」

「絶対言わない！」

本格的にし、したくなるまでには絶対に自力で歩けるようになろう。

そう固く決意したわたしは、布団をひっかぶったとたん、すとりと眠りに落ちた。

次に起きたときには、何とか立ち上がれるようになっていて、残念そうにするナギにドヤ顔をして見せたのだけど、布団に戻ろうとしたときにチャイムが鳴った。

家に訪ねてくる人なんて、心当たりはない。

恐る恐るのぞき窓を見たわたしは、そこに立っていた西山さんに驚いた。

「に、西山さん!?」

「こんにちは。急に押し掛けてごめんね」

すぐさま扉を開けると、いつも通りすんなりと制服を着こなした西山さんは、開口一番心配そうに聞いてきた。

「水守さん、大丈夫？　体調不良って言ってたから心配で見に来ちゃった」

「う、うん。いまはもう、いいんだけど……」

筋肉痛みたいなものだ、とも言いづらいので言葉を濁して、とりあえずのぞき込んでくるナギを極力無視して中に入ってもらった。

けど、友達を家に迎えるなんて初めてのことだ。

さっき起きたばっかりだから布団は敷きっぱなしだし、着替えてないし、何したらいいんだろう？

くそう、ナギの奴他人事だと愉快そうにしちゃって。

と、とりあえずお茶を淹れればいいかな、そうだその前に座布団を出さなきゃ！

おろおろしつつも押し入れから座布団をひっぱり出していると、西山さんは物珍しそうに部屋を見回して言った。

「水守さんち、ずいぶんさっぱりしているのね。あたしの部屋もっとごっちゃりしてるよ。それに、部屋着が浴衣なんだ」

「その、家で、着慣れてて……」

本家や修行中は和装が基本だったから、それが習慣になっていたのだ。

西山さんに物珍しそうにみられて、ちょっと照れたのだけど、ふと気づく。

そういえば、自分はいつ浴衣に着替えたのだっけ。

記憶をさかのぼろうとしたら、西山さんの驚きの声にびくついて霧散した。

「えっ水守さんち着物着てるの！　どんなお嬢様!?」

「あの、お嬢様じゃなくてちょっと特殊ってだけで……」

「特殊って、歌舞伎とか日舞とか伝統芸能みたいなの？」

「ええと……」

退魔の家系ですとは言えない。絶対言えない。

「ああ、でもなんかしっくりくるなあ。水守さん、なんか独特の雰囲気というか、周囲の空気が違うって言うか、浮き世離れしている感じがして。いいとこのお嬢さんならわかるわあ」

「ほう、この娘、なかなかよく見ておるのう」

しみじみとしている西山さんの隣に降りてきて、口を挟むナギをわたしは密かににらむ。

そんなやりとりに気づかない西山さんは、表情を輝かせてわたしに身を乗り出してきた。

「ね、そういうお家なら、いつかお家を継ぐとかそういうのあるの!?」

「べつに、わたしは期待されてないから……」

むしろ、見限られているから、と胸の内でつぶやいたら、少し心が痛んだ。

まだうずくなんてどうかしている。もう終わったことなのに。

西山さんはそれで何となく察したようで、思い出したように傍らに持っていたレジ袋を取った。

「そうだ、これお見舞いね。とりあえず調子悪くても食べられそうな、ゼリーとかヨーグルトとか」

「あり、がとう。その、先生に連絡も」

「どういたしまして、水守さんに頼ってもらえて嬉しかったから！」

西山さんにあっけらかんと言われてちょっぴり胸が詰まった。

一度は見捨てようとしたのに、西山さんの気遣いが申し訳なくて、嬉しかった。

せっかくだからと、その場でゼリーとヨーグルトをあけて食べながら、わたしは意を決してさりげなく持ち出した。

「あの、西山さんの方は、大丈夫だった？」

「なにが？」

「その、昨日、顔色悪かったから」

昨日禍霊と遭遇して瘴気にふれて調子を崩していないか、とは話せないので、婉曲《えんきょく》に聞いてみたのだけど、かえって西山さんに申し訳なさそうな顔をされた。

「全然。むしろ今は水守さんが調子悪いのに気づかなかった方が悔やまれるよ」

確かに西山さんのどこにも瘴気の影はなく、わたしはほっと息をついたのだけど、西山さんが難しそうな顔をしていて気になった。

「どうしたの、西山さん」

「それだ」

ぴっと人差し指を一本立てた西山さんに面食らう。

何がそれなんだろう。

「あたしも水守さんって呼んでたけど、なんか距離がある気がして据わりが良くないのよ。だからこれからは依夜って呼ぶことにする。だから西山さんはやめよう」

「え、ちょ西山さん？」

「弓子、だよ。依夜」

名前で呼ばれた!?

妙にまじめな顔の西山さんに急に呼ばれたわたしはパニックだ。

な、なんかこそばゆいしむずむずするし、あ、でも嫌なわけじゃないんだけど、どうしていいかわからない！

おろおろと視線を逃がしてみたけれど、にやにや愉快げに見物するナギがいるだけだ。

と言うかこのやりとり全部聞かれているのか。

自覚すると、ぐわっと顔に熱が上った。

くそう頬が真っ赤になるこの癖どうにかならないかな!?

じっと見つめてくる西山さんはあきらめる気配はない。

でも、呼び捨てはものすごくハードル高い。

弓子、弓子、弓子……うう、頭の中では言えるけど、口に出すのはなんか無理！

さんざん悩んだ末、おそるおそる口にした。

なんか禍霊を倒したときよりも緊張していた。

「弓子、ちゃん？」

西山さん改め弓子は、じっと考え込むそぶりを見せた後、鷹揚にうなずいた。

「うむ。許してしんぜよう」

許された！

ほっと息をつけば、安堵のあまり自然と表情がゆるんだ。

嬉しい、初めて名前で呼べる同年代の友達だ。

「改めましてよろしくお願いします、弓子ちゃん」

照れつつ軽く頭を下げてみたら、弓子はぱちぱちと瞬きした後、ほんのり目元を赤くしていた。

「……うわあ、なにこのかわいい生き物」

「どうかした？　弓子ちゃん」

「いいや、依夜はそのまんまでいてね」

言いつつ弓子にぽむっと頭をなでられた。

ううむ、解せないけど。名前で呼ばれるのと、頭をなでられる気恥ずかしさで消えていった。

「ふむ。百合というのもなかなか有りかの」

……背後で興味深そうな何かは無視していると、弓子が出し抜けにこんなことを言い出した。

「ところでさ。依夜は妖怪とか霊とか、信じる？」

「え？」

「あたし、見ちゃったんだ。昨日の帰り道で」

「お化けって」

隠世から現世に戻る際、徒人はその移動の衝撃で記憶が曖昧になることが多い。

だからこそ、弓子は日常に戻れるだろうと思っていたのだけど、もしかして禍霊に襲われたことを覚えているのだろうか。

心の傷になってしまう可能性に少し不安になる。

目を見開くわたしをどう解釈したか、弓子は慌てたように手を振った。

「いきなりこんなこと言われてもっておもうかもだけど、あたしはちゃんと正気よ！　なんか真っ黒くてでっかい奴に襲いかかられたんだけど、助けてくれた女の子がいるの！」

「女の、子？」

わたしはその単語にどくどくと鼓動が速まるのを感じる。

ものすごく嫌な予感がした。

「ほら、この画像なの！」

そうしてうきうきとスマホを取り出して見せられ、その画像に内心で絶叫した。

画面全体が暗くてぶれているけど、それは確かに和メイド服を着たわたしの後ろ姿だった。

「背中だけで残念なんだけどさ、和メイド服もその子もめっちゃかわいいの！　たぶんあたしたちと同じぐらいだと思うんだけど、いつかもう一度あってお礼言いたいんだ！　……でもなんで和メイド服なんだろうねえ」

変態式神の趣味です。

うきうきと話す弓子はこれがわたしだとは本当に気づいてないらしいけど、こうして客観的に自分のあのときの姿を見るのは心臓に悪かった。

とりあえず禍霊と出会ったことが弓子にとってトラウマになっていないようで安心したけど、わたしがトラウマになりそうだ。

それでも言い出すわけにはいかないから、わたしは身ぶり手振りを交えて一生懸命話す弓子に精神をがりがり削られながら、ひきつった顔で相づちを打つしかなかったのだった。


「じゃあまた明日ね！」

日が暮れる前に帰って行った弓子を玄関まで見送った後、わたしが振り返れば、腕を組んで自慢げな顔をするナギがいる。

「言うた通り、ばれておらんかっただろう」

「それとこれとは別よ……写真に撮られてたなんて」

幸か不幸か後ろ姿だけだったけど、それでも形として残ってしまっている現実に今すぐその場で転げ回りたかった。

でも忘れていた体の痛みがぶり返してきて、それも出来ない。

それもこれも全部この式神のせいだと恨めしく見上げたのだけど、ふいに表情が柔らかくなって面食らう。

「ま、あの娘が無事で良かったの。ぬしが気張ったかいもあろう」

低く優しい声で言われて、勢いを削がれたわたしは、さっきまで玄関にいた弓子の弾むような笑顔を思い返した。

和メイド服なんて着せられて、かなり散々な目にも遭ったけど。

わたしが出来ないはずの退魔が出来て、あのゴールデンレトリーバーの魂を救えて、弓子のあの笑顔を守れたのは、それは、それだけは間違いなくナギのおかげだった。

「……うん」

つい、素直にうなずいてしまったわたしは、なんだかいたたまれなくなってナギの顔から目をそらす。

と、寝間着の浴衣が目に入った。

クリーム色に薔薇が染められた浴衣はわたしのお気に入りなのだけど。

そういえば昨日気を失ってから目覚めるまではいっさい記憶がない。

気を失う直前は確かに制服だったのだけど、その制服はいつもの場所にきちんとかけられている。

記憶がないのだから、制服を脱いだ覚えもないわけで……

「さて、ぬしよ。また飯にするか、それとも風呂にするか」

「ねえ、ナギ。わたしはどうして制服から浴衣に着替えているの」

「なんだそのようなことか。わしが着替えさせたぞ。制服のままではしわになるし寝苦しいだろうからな」

こともなげに言ってのけたナギに、ざっと髪の毛が逆立った。

顔が燃えるように熱くなる。

つまり、こいつは、わたしの服を脱がせて、下着を見たということだ。

羞恥と屈辱と、とにかくいろいろな感情が渦巻いて腹の底から急激に沸き上がるのだけど、とっさに動けない。

そこにナギが思い出したように付け足した。

「そうだ、ぬしよ。しましまパンツはぐっじょぶであった」

「この、変態式神が――――ッ！！！」

とてもいい笑顔で親指を立てるその秀麗な顔にむけて、わたしは全力で拳を振りかぶった。

だけど、途中で体の痛みがぶり返して拳は失速してしまう。

悠々とよけたナギは悦に入った顔で続けた。

「もちろんぬしの和メイドさん姿も良かったぞ。ひらりと翻るスカートと袖のコントラストは芸術の域だ。ポニーテールの揺れる毛先はむろん、抜いた衿元からのぞく白いうなじが匂い立つようでなあ。思わず何枚も撮影したぞ」

「ちょっ撮影!?　ってまさか」

はっとスマホをとってデータを見れば、そこには羞恥心に耐えながらハリセンを構えるわたしがしっかりと映った写真が何枚も保存されていた。

うわ、丈が長いと思って安心してたのにスカートがかなり翻っているし、しかも最後の最後でゴールデンレトリーバーにのしかかられているきわどいアングルの画像もある！

あまりの事態にわなわなと震えていると、ひょいとナギがのぞき込んできた。

「わしとしてはもうちぃと足を出してもらいたかったが、これはこれで趣があってまた良いの。いずれオーソドックスなメイドさんも是非着てもらいたいものだっ……とぬしよ、なぜ次々と消してゆく!?」

「当たり前でしょ!?　こんな恥ずかしい写真勝手に撮らないでよ信じられない!!」

「何を言うか！　かわいいものは愛でる！　美しき者はほめたたえる！　尊き物があれば出来る限り記録に残す！　わしは当たり前のことをしているまでだ！」

「限度があるのよこの変態！」

清々《すがすが》しいまでに言い切るナギがスマホを取り返そうとするのをよけつつ、画像消しに躍起になりながらわたしは誓う。

もう二度とこいつの力は借りないんだから！

二章

閑話　とあるソフトボール部員の場合

各部活動が終わり、黄昏の静寂に沈み込む陽南《ようなん》高校部室棟。

女子ソフトボール部に所属している高松秋乃《たかまつあきの》は、忘れ物をとりに再び女子部室へ戻ってきていた。

充電が切れたスマホを、部室内でこっそり充電したまま忘れてしまったのだ。

学校内のコンセントでの充電は禁止されているから、教師に見つかったらもちろん怒られるだろうし、何より友達と話が出来ないのは冗談じゃなかった。

というわけで、数十分前までいた部室に帰ってきた秋乃は、何とかスマホの回収に成功し、ほっと息をつく。

顧問の先生に鍵を借りるときはかなり怪しまれたが、何とかなった。

充電も１００％と表示されているのににんまりとした秋乃が、さっさと帰ろうとしたその時。

壁の向こうから、荒い息づかいが聞こえた。

時折混じる、押し殺すような笑い声は間違いなく男の物だ。

聞こえた方は女子陸上部の部室だから、その声の持ち主が部員のわけがない。

秋乃の脳裏に、近くの高校で女子部室ばかりをねらう窃盗犯の話がよぎった。

神出鬼没で、着替えとしておいてある体操着や、ジャージはもちろん、果ては大事なユニフォームを盗まれたところもあるのだという。

少し目を離した隙に鞄の中から運動着を抜き去られ、その姿を確認されたことがないと言うのだから、相当たちが悪い。

そんな運動着泥棒が、今、隣の部屋にいる。

許せない。

義憤に駆られた秋乃は表情を厳しく引き締めると、音を立てないように備品であるバットを一本握りしめて外に出た。

空いた手には、カメラモードにしたスマホも持っている。

もし取り逃がしたとしても、証拠写真を撮るためだ。

絶対に、逃がすものか！

緊張が高まっているせいか、空気がなんだか生ぬるく感じられて気持ち悪かった。

いくら緊張していても吐き気を感じるなんて、大事な公式戦でもなかったのに。

それでも秋乃は自らを奮い立たせて、極力足音をたてないように、すぐ隣の女子陸上部の部室扉の前までやってきたのだが、妙なことに気づいた。

ドアノブがないのだ。


ドアノブがあった場所に残っているのはねじ切ってしまったような断面で、得体のしれない不安が胸のうちに重く忍び寄る。

だが秋乃はそれを振り切ると、勢いよく扉を開けて、スマホのシャッターを押した。

「そこで一体なにをし、て……っ!?」

のだが。

秋乃は自分の理解の範疇《はんちゅう》を超えたその光景に、言葉を詰まらせた。

そこにいたのは、陸上部のユニフォームに顔を埋める異様に腹が出た中年男だった。

女物のぴっちぴちの体操服を着たその姿は、確かに衝撃的だしおぞましい。

だが、汗と制汗剤の混じった独特の匂いが漂う室内を、様々な運動部のユニフォームが空中に浮いて男の動きに合わせてうごめいていたのだ。

その中に自分が所属しているソフトボール部のユニフォームがまじっているのを見つけて、嫌悪感に怖気《おぞけ》立つ。

幸せそうに陸上部のユニフォームに顔を埋めていた男は、緩慢な動作で顔を上げて秋乃をみた。

その顔ににじむほの暗く浅ましい恍惚に、改めて背筋に悪寒を感じつつも、秋乃はきっとにらんで、持っていた木製バットを構えた。

「証拠写真は撮ったぞ変態！　おとなしく捕まれ!!」

だが、決定的な証拠を摑まれたはずの男はあわてることも逆上することもない。

ただ、ギョロついた目でしげしげと、ジャージ姿の秋乃を眺めていたかと思うと、にたりと笑った。

「ちょうど良かった。君、ブルマをはいてくれよ」

「ぶ、ブルマ？」

思わず問いかえした秋乃は、その男からぞぶりと立ち上った黒いもやに今度こそ悲鳴を上げた。

逃げる間もなく、襲いかかってくる黒いもやにつつまれた秋乃は、それが晴れたとたん、また絶叫した。

ジャージだったはずの服装が、白い体操着に紺色のパンツの形状をしたブルマになっていたのだ。

今時小学校でも採用されていない古典的な服装だ。

「なんだこれ!?」

「ああ、やっぱり体操着はブルマだよなあ！」

心底嬉しそうにゲラゲラと笑う男は、ゆっくりと立ち上がって、秋乃の方へ歩いてきた。

男を追って空中へ浮かんでいるユニフォームも後を追ってくる。

秋乃は、訳がわからないまでも逃げようと、転がるように部室から飛び出した。

だが動きやすいはずのその服がやたらと重く、すぐに足をもつれさせて地面に転がった。

すると男についてきていたユニフォームが、秋乃の手足を拘束するように巻き付いてきた。

ひきはがそうとしてものりで固められたように離れず、秋乃は地面に縫いつけられた。

「さあ、まずはめいっぱい君が運動する姿を鑑賞した後、たっぷり汗を流したその服を楽しもう、ああ、今の俺ならなんでも出来るっ！」

「や、やだっ……」

悦に入った男が、涙をにじませた秋乃に手を伸ばそうとしたその時。


「やめなさ——い!!」


割り込んできた少女特有の甲高い声に、秋乃と男が振り向く。

いつの間にか校庭にいたのは、なぜか、えび茶袴に矢絣《やがすり》の着物を身にまとった少女だった。

背の高い秋乃よりも二十センチは小さい体を、女学生スタイルに包んでいる様は、その現実味のなさと相まって人形のようでかわいらしかったが、なぜか大きなハリセンを携えている。

その隣にいるのは、闇より深い黒の着物で身を包んだ男で、その寒気がするほど整った美貌に、秋乃はこんな時でも見とれた。

夜の闇深い中でもわかるほど顔を赤らめた少女は、うろうろと視線をさまよわせると、隣の男を仰ぎ見た。

「ほ、本当に言わなきゃだめ？」

「丈を長くする代わりにという約束だろう？」

「う、うう……」

現れた少女は、その顔を耳まで真っ赤にしながら、大きなハリセンを中年男に突きつけた。

「よ、欲望のままに人様に迷惑をかける禍霊よ！　わたしが成敗してやるわっ！」

羞恥に震える声で言い切ったそれに、男は楽しげに拍手をした。

だが、突然割り込んできた二人組に、中年男はその顔を悪鬼羅刹のようにゆがめて、いや、その形を崩した。

「じゃあまあをぉぉするなアアアア!!」

今や全身が黒いもやに覆われた中年男の姿をした何かは、煙と化した腕で、周囲にあった運動器具やハードルやカラーコーンを少女に向けて次々に投げつけていく。

だが、それらを驚くほど軽い身のこなしでよけた少女は、袴を悠々とさばき、ストラップパンプスの足で地面を踏みしめて飛んだ。

「はあああっ!!」

振りかぶったハリセンは、黒いもやに侵された中年男の脳天に直撃する。瞬間、ふれた部分から冴えた光があふれ出し、黒いもやは光の粒子となった。

散っていく光と共に清浄な空気が広がっていく中、晴れた光の中に倒れているのはやせ細った中年男だった。

先ほどの恰幅など見る影もない男に秋乃が驚いていると、背中から何かがぞろりと出てくる。

ムカデのような、芋虫のようなその黒い虫は、意外に素早い動きで逃げようとしたが、少女は容赦なくエナメルパンプスの足でふんづけて捕まえた。

そのまま少女はいたって無造作に虫を持ち上げると、険しい顔でにらみつけた。

「次、こんなことしたら滅するから。二度と人にとりつくんじゃないわよ」

きゅっと首元あたりを絞められたらしい長虫は、激しく頭を上下に振り、少女が手を離したとたん、一目散にどこかへ消えていった。

見送った少女は次いで中年男の方を向いたのだが、身につけているのが高校生の体操着だということに顔をしかめていた。

秋乃も、中年男が気絶すると同時に元のジャージ姿に戻ってほっと息をついていたのだが、いつの間にか美貌の男がそばにいてぎょっとする。

「白い体操着にブルマとは、古典を愛する男だったようだな。そこを欲を好む地虫に取り憑かれ、瘴気を引き寄せてエスカレートしたのだろうのう。まあ無理矢理着せるというのは良くないが。日に焼けて鍛え上げられた生足に深き紺のブルマーのコントラスト、なかなか楽しませてもらったぞ」

その言葉の内容を秋乃が理解する前に、激しい破砕音と共に、男の頭がものすごい勢いでしなった。

見れば、少女が顔をぷりぷり怒らせながら男に指を突きつけていた。

「セクハラ禁止！　初対面の人に何言ってるのよっ」

「何を言うか、わしはただ美しいものを称賛したまでだぞ。それよりもぬしよ、次の衣装は体操着とブルマでどうだ。もちろん胸にはひらがなで名前を書いたゼッケ……」

「断固として拒否するっ！」

今度のハリセンはよけられて、ぐぬぬと悔しげな少女と愉快げに笑む男を呆気にとられて眺めていた秋乃だが、はっと我に返った。

「あ、あんたたち、一体……」

「うむ。わしらはご近所の怪異を解決する、人呼んで神薙少……」

まじめな表情で言い掛けた男を押しのけた少女は、焦った風で言葉を重ねた。

「あああ、別になんでもないから、ただの通りすがりだから！　もうさっきのことは全部忘れて！　ああでもこいつのこと通報しておいてくれると嬉しいわ！」

少女は一気にまくし立てると、頭をさする男の腕を摑んで、脱兎のごとく逃げ出した。

かと思うと、途中で足を止めて振り返り、大きく声を張り上げた。

「暗くなる前に帰るのが難しいのはわかるけど、早く帰るのよ――!!」

そうして闇夜に消えていった少女が袴を翻す姿を呆然と見送った秋乃は、ふと、未だにスマホを持ったままなのに気づく。

画面を確認すれば、いつの間にか録画モードになっており、録画中を示す赤い表示がついたままになっていた。

☆

『格子だ』

『チェックだ』

『みどり色』

「もおお!!」


わたしは、いつものごとく三妖にスカートをめくられて涙目になりつつ、校舎にたどり着き、密かに気合いを入れて教室へ入る、と。


「ねえっ聞いた?」

「聞いた聞いた。うちの部室棟に体操服泥棒が入り込んだんでしょ」

「それをソフトボール部の二年生が捕まえたって」

「違うよ、その二年生は通報しただけで、実際に捕まえたのは別の人なんだって、本人が言ってる」

「その捕まえた人が突拍子もないからって、警察も先生も全然信じなかったらしいよ」

「うん、確かにアレは本当なのか疑うよな」

「さっき動画が回ってきたぜ」

「角度すげえ悪いけど、アクション映画みたいに黒いもやと戦ってる！」

「いや、でもかわいいよな」

「あれだろ、ハイカラとかいう女学生！　面白いよな！」


そんな感じで、クラスメイトたちの話が耳に入ったわたしは、早くも心が折れそうになった。席にたどり着くと、心配そうな表情の弓子がやってきた。

「依夜、昨日はお休みだったけど、大丈夫？」

「う、うん、ちょっと体調が、悪くて……」

「そっか。あたしに出来ることがあったら、何でも言ってね。力になるから」

「そうだよ、水守さん。体が弱いんなら無理しないでね」

その言葉に反応するように、ほかのクラスメイトからもいたわりの言葉をかけられたわたしは、顔がこわばるのをこらえてお礼を言うしかない。

わたしの「病弱」という誤認識が広まってしまっていることに、罪悪感で胸が痛くなってくる。

まあ、週1ペースで休んでいたらそうなるよね。

うう、実際は風邪すらほとんど引かないのに……。

心の中で泣いていると、一転して表情を生き生きと輝かせた弓子が身を乗り出してきた。

「ねえ依夜、やっぱりいたのよ、あの和メイド服の女の子！　目撃情報だけは何件もあったのに、画像はなかなか新しいのがこなかったけど。今回ようやく新着画像がきたんだ！」

弓子が見せてきたスマホ画面には、角度は悪いけど、案の定、一昨日の浄衣《じょうえ》（えび茶袴に矢絣）を着たわたしがハリセンを構えている姿が映っていた。

今回はなんと動画で、ひらひらと袴の裾とお下げ髪を揺らすわたしがばっちり映っていて、思わず顔がひきつった。

ぜんっぜん気づかなかった……！

「今回は学校だったからかレトロな女学生さん！　髪型もそれっぽくて超かわいいし、絶対同一人物だと思うのよ！」

「そ、そう」

「これを撮ったの高松先輩って言うんだけど、早速連絡取って、ファンクラブに誘ったわ。名付けて謎のコスプレ娘を愛でる会、略してコス娘《むす》会！」

やあめえええてえええ！

内心全力であげた悲鳴は幸か不幸か届かず、弓子はうっとりと動画を眺めるのに夢中だ。

「やっぱりコス娘はかわいいなあ。こんな美少女きっと一目見たらわかると思うんだけど、誰も知らないのよね。謎の美少女が宵闇に現れては悪しきものを倒す！　マンガみたいで最高よね！」

それがわたしだと全く気づかずはしゃいでいることだけが救いで、ほうっと安堵の息をはきつつ。

一体どうしてこうなったと、途方に暮れたのだった。

和メイド服のわたしを異様に気に入った弓子は、あの後、撮っていた画像を自分のＳＮＳに投稿して、探し人として情報提供を求めていた。

弓子はクラス委員をしていることもあってか、男女学年問わず、びっくりするほど顔が広い。校内の生徒でつながりを持っている生徒もたくさんいたから、面白がった人たちによって画像はすぐに拡散されていったのだ。

それ一回だけだったら単発ですんだのだろう。

だけど弓子の事件以降、なぜかこの地域で妖や禍霊がらみの騒ぎが続発して、なんやかんやと巻き込まれて仕方なく解決していく羽目になっていたのだ。

そこに居合わせた人が、生徒の知り合いだったり、直接的に学校の生徒だったり、今回みたいにうちの学校に現れたり。

だって、弓子やわたしの体操着が盗まれるかもしれないんだよ？

そんなの無視出来ないでしょこんちくしょう！

その結果、ちょっとずつ新たな情報が増えていって、興味を刺激し続けて、拡散されていく。

そしていつの間にか謎のコスプレ娘、通称コス娘は、陽南高校内では知らない者がいないほどになっていたのだった。

弓子から教えられてやりはじめたＳＮＳでそれを知ったときは、布団のなかで悶絶した。

しかも自分の暗部がさらされているのに、指摘すれば自爆する、というどうしようもない状況には泣いた。

結局ばれないように祈りながら、話題が出る度に精神を削られつつ、今日も息を潜めているしかないのだった。

☆

「もういや、今度こそやめてやる！」

今日も何とか授業を終えて、家に帰ってきたわたしが宣言すれば、さっさと人型に戻ってパソコンをいじっていたナギが、赤い瞳を瞬《しばた》かせた。

「なぜだ。どれもなかなか好意的な意見ばかりだぞ。前回のメイドさんも今回の女学生さんもかわいいと称されておるではないか」

ああもう思い出させないでよ、結局普通のメイド服も着る羽目になったこと！

「みんな好き勝手言ってるだけでしょ！　そもそも顔もわからないのにどうしてかわいいってわかるのよ、訳わかんない！」

「かわいいは雰囲気で伝わるものだ。わしはぬしの顔をいじったりはしておらぬでな。全部ぬしにつながる評価だぞ」

「それこそただ珍しがってるだけでしょ。……ナギはいいよね。どうせ着せて喜んでるだけなんだから」

ちゃぶ台に突っ伏しつつ恨めしく言えば、ナギは不思議そうに首を傾げていた。

その拍子にさらりと黒髪が流れていく。

「確かに、ぬしが顔を真っ赤にしてフリルを翻すのを眺めるのは、まっこと楽しいのは事実だが。ぬしは何が不満なのだ」

本気で言っている様子のナギを、わたしはきっとにらんだ。

「何度も言ってるじゃない。わたしは普通でいたいの。目立ちたくないのよ」

そう、目立ちたくないのだ。

相応の実力がない人間が思い上がれば、自分はおろか周囲まで迷惑を被るものだ。

自分が日の当たる場所に出る資格も実力もないことを、わたしはよく知っていた。

それに術者としての実力が伴わないわたしがこんなことをするのは不自然だ。

わたしは誰にも迷惑をかけたくない。ひっそりと生きていたい。

だからこの状況は非常に不本意だし今すぐにでもやめたいのだけど、空気読まない妖怪や禍霊なんかが出てきて、なし崩し的に続いてしまっていた。

「ああもうこれが水守にばれたらどうしよう」

「バレはせぬというておろうに」

「わからないじゃない。あんたよりも霊力の強い神薙なら見破れるんでしょ。お婆様はこういうネット系はみないとしても、お姉ちゃんならチェックすることもあるかもしれないわけで……」

そうしたら一巻の終わりだ。

自分の実力でもない退魔能力を本気にされて、修行を再開させられる未来しか思い浮かばない。

それよりもどうしてコスプレなのか、問いかけられるに決まっている。

どんな反応をされてもわたしは羞恥で倒れる気がした。

その光景を想像してぶるぶると震えていれば、ナギは顎に手を当てていた。

「あらかじめぬしだと知っておらん限り、人に見破られることなどないから安心せい。見破れるとすれば、千年年を経た妖《あやかし》やわしの兄弟ぐらいなものだろうて」

ひょうひょうと言うナギの言葉に、わたしは驚いた。

「え、兄弟がいるの。式神なのに？」

「いるぞ。わしは式神というても自然の気から生まれたわけではないのでな」

考えてみれば別段おかしいことはない。

式神の作り方にはいろんな方法があって、調伏した妖を使役したり、自らの霊力を練り上げて作ったり、神霊から分霊してその力をお借りすることもあるくらいだ。

式神になる前があって当然だった。

「なんだ、気になるか？」

「別に、意外に思っただけよ。自分が千年クラスの大妖怪と同格だなんて大きく出たものね」

「言うただろう、わしは超強い式神だからの」

「どうだか」

禍霊《まがつひ》を相手取れなくてなにが超強いだ。

だからにやとこちらに迫るナギに素っ気なく返していると、スマホの着信音がした。

しょっちゅう家に置き忘れるスマホだけど、弓子に言われて、最近は何とかスマホの不携帯はなくなっていたりする。

……時々充電忘れるけど。

鞄から取り出して通知を確認すれば弓子からで、何気なくメッセージを確認したわたしは、おもいきり固まった。

「どうかしたかの？」

「ど、どど、どうしようっ。弓子ちゃんからお出かけに誘われた！」

それは、週末にショッピングモールへ行かないかというお誘いだった。

文面を簡単に読み上げてみせれば、ナギは目を緩く瞬かせた。

「ほう、もしや、隣駅にあるやつかの」

「う、うん。弓子ちゃんがカーディガンを買ったお店が入ってるから行かないかって。前に良いなって言ったのを覚えていてくれたみたい。どうしよう!?」

あわあわしつつ何とかメッセージを送ろうとしたけど、動揺しすぎて文字入力がうまく出来ない。

ああもう、こうすっと画面に指を滑らせるのがただでさえ苦手なのに！

時間ばかりが過ぎていって焦っていると、当の弓子から電話がかかってきて慌てて出る。

『やっほー突然ごめんね！　服の整理してたら、夏物の洋服を買いたくなってさ。依夜も一緒にどうかなって思ったんだ』

「め、迷惑じゃなければ」

『あはは、あたしが誘ってるのに。じゃあ待ち合わせは――』

わたしが必死にうなずいているうちに、とんとん拍子で明日の予定が決められていく。

そうして弓子との通話が切れた後、わたしは呆然と座り込んだ。

「明日、弓子ちゃんと出かけることになった……」

「良かったのう。週末に女友達との外出とは、ずいぶん高校生らしい行いではないか」

「ええとどうしよう！　何が必要？　何着ていけばいい!?」

「落ち着けぬしよ、それこそ普通の格好をすればよいだろう」

「普通の格好って何!?」

半ばパニック状態のわたしは、とにかく明日着ていく服を選ばなければとたんすの中をひっくり返してみた。

ええとまともな服まともな服……まともって何!?

すると、横からナギがのぞき込んできた。

「知っておったが、私服がえらく少ないのう」

「だって、神社にいればほとんど巫女服《みこふく》だったし、今も平日はほぼ制服だから」

「……とりあえず、着物はやめるがいい。服を買いに行くのであれば、脱ぎ着しやすい洋服の方が良かろう」

数少ないよそ行きの洋服と一緒に並べた、初夏らしいツバメ柄の着物を脇によけられて、わたしは決まり悪くてちょっぴり目をそらす。

だって、洋服は選ばなければいけないアイテムが多すぎるのだ。

上着だって何種類もあるし、下にはくものだってスカート、ズボンといくらでもある。

ワンピースとか含めたらそれこそ気が遠くなるのだ。

ここにある洋服もほぼ姉からのもらい物だったりして、自分で服を選んだことはなかったりする。

それでもどうにか大丈夫な組み合わせを選びだそうと洋服を前に悩み込んでいると、ナギはあきれた感じで広げた服を選《よ》り分けだした。

「おまえの姉はぬしに合う色をわかっておるようだな。ぬしには明るい色がよう似合う。女友達との外出なれば、そのワンピースにこの上着を合わせれば良かろう」

示されたのは薄い若草色のシャツワンピースと白いカーディガンだった。確かにわたしでもかわいいと思う組み合わせだったけど、あっさりと選ばれてびっくりする。

「なんで、あんたの方が詳しいのよ」

「学園ラブコメのデートを何千と繰り返しておるのでな。それくらいは朝飯前だ」

最近パソコンでゲームをしているな、と思っていたけどそれかな。

大方そういうことだろうと思っていたけれど、今はありがたい。

「あとはヒールのある靴があればよいが、まあそれは向こうで弓子に相談に乗ってもらうが良い」

「そ、相談するの？　変な子って思われない？」

少々気後れしていると、ナギにあきれた視線を向けられた。

「何を言うておる、ぬしは都会の高校生を目指すのだろう？　ならば理想とする者に教えを乞うのが一番ではないか。はじめからきちんと出来る者などそうはおらぬし、話題に詰まったときにも振れる話があれば安心であろう」

「それもそう、かな」

「うむ。後はちぃと服も買ってこい」

「う、うん……ありがとう」

いろいろ気になることはあるが、助かったことは確かなので素直にお礼を言ってたちあがる。

「にしても、あのショッピングモールか。少々面白いことになりそうだの」

「なんかいった？」

「いいや、楽しいといいの」

選んでもらったワンピースをハンガーにかけていると、背後からナギの声が聞こえて振り返った。

でもナギは曖昧に笑うだけで、明日の外出に緊張していたわたしはすぐに忘れたのだった。

☆

翌日は快晴だった。

降り注ぐ暖かな日差しの中にも、冷涼な風が通り抜けて、五月らしい清々《すがすが》しい陽気だ。

そんな中、わたしが待ち合わせの駅前でそわそわと待っていると、待ち合わせ五分前に道の向こうから弓子が歩いてきた。

「うわ、依夜、先に来てたんだ。待たせちゃった?」

「う、ううん。大丈夫」

実は待ち合わせの三十分前から来てドキドキしていたなんて、決まり悪くて言えない。ここで待っている間も、鞄の中のナギにさんざんあきれられていたのだ。

だ、だって遅刻するよりは良いじゃないか!

今も感じるナギの視線を努めて無視していると、ほっとした顔をしていた弓子にまじまじと見つめられた。

「にしてもそのワンピースよく似合うね。そういう格好していると本当にお嬢様っぽいねえ!」

はしゃぐ弓子にちょっぴり顔が赤らんだ。

割と着慣れている部類に入るのだけど、どこがお嬢様っぽいのだろうか。でも、

「弓子ちゃんの方こそ、よく似合ってるね、なんかかっこいい」

「え、そう? 普通だよ」

弓子は戸惑った顔をしていたけど、わたし的にはそうじゃない。

今日の彼女は、英字のロゴの入ったTシャツにショートパンツを合わせていて、すんなりと長い足がばっちり見えてまぶしい。

さらに腰にチェックのシャツを巻いていたり、帽子をかぶっていたりして、こっそり本屋で立ち読みした雑誌のモデルさんみたいにお洒落に見えるのだ。

ちょっと視線を外したら、指の爪がオレンジ色に染められていた。す、すごい!

「なんかもう雑誌のモデルさんみたいだよ……」

「うわあ、なんかありがと。い、いこうか」

照れくさそうにはにかむ弓子となんか妙な空気になりつつも、電車に乗ってたどり着いたショッピングモールは、休日とも相まって多くの人でごった返していた。

老若男女、カップルやわたしたちと同年代の子のグループはもちろん、子供を連れた家族も多いようだけど、わたしはあんまりな人の多さに少々気後れしてしまった。

こ、これ、たどり着けるのかな。

だけど、そんなわたしの心配をよそに弓子は案内板を眺めていたかと思うと、するすると人混みを通り抜け、さくさくと目的のお店らしき方向へ進み始めたのだ。

ちなみに何とか弓子の背中を追っていたのだけど、途中で人の波に飲まれてはぐれかけたので、手をつないでもらった。

……しょうがないじゃないか、こんな人混みに入るの初めてなんだもの。

そして全体的に明るい色調の店内に入った弓子は、慣れた様子で早速服を物色し始めた。

「うーん、Tシャツはファストファッションでそろえるとして、柔らかいスカート系が欲しいんだよね。ああでもこっちのフレアパンツも捨てがたい」

真剣に悩む弓子の脇で、わたしもその辺の服を恐る恐る手に取って眺めてみたけど、ぶっちゃけどれも同じにしか見えなかった。

そもそもお店全体や店員さんからほとばしるお洒落感に思いっきり圧倒されていて、どうふるまえばいいのか途方に暮れていた。

なんか場違い感がハンパない。なんかもう帰りたい。

「ねえ依夜」

「ふゃい!?」

若干気が遠くなっていると声をかけられて、びくっとなった。

慌てて振り返れば、弓子が二つのスカートを両手に掲げている。

「こっちのスカートとフレアパンツどっちが良いかな?」

「え、えと……どっちも良いと、思うよ?」

違いはよくわからないけど、色合いはどちらも弓子に似合いそうだ。

というかちょっと待て、なんかフレアパンツって言っていた。

つまり片方はスカートじゃない?

「そっか、じゃあ穿いてみてから決めようっと」

るんるんと、その二つを抱えて店員さんに声をかけ試着室に入っていった弓子は、試着した姿を見せてくれる。

「どう?」

「素敵だと、思う……」

色合いもそうだけど、裾がひらりとするのが女の子っぽくて、やっぱりどっちも似合っていた。

「うーんやっぱフレアにするかな」

満足そうな弓子に、わたしは思い切って問いかけてみた。

「あの、さ。そのスカートと、フレアパンツってどう違うの、かな？」

きょとんとした顔で見つめられるのがいたたまれず、言葉を継いだ。

「わたし、服のこと全然知らなくて。よかったら、教えて欲しいな、と思うんだけど」

「そういえば、さっきからあんまり服を手に取ってなかったね。興味ないのかなと思ってたけど、わからなかっただけ？」

一生懸命うなずけば、弓子の表情が何かをたくらむような笑みに変わった。

こう、にやあ。という感じで。

え。

「ふっふっふっ、よおくわかったわ。服の違いは着てみるのが一番わかりやすいから任せなさい。まずはこれとこれとこれを合わせて着てみようっ。店員さーん試着室借りまーす！」

そうしてめちゃくちゃ楽しそうな弓子に服一式を押しつけられたわたしは、さくさくと試着室へ押し込まれた。

面食らいつつもかろうじて、ナギの入ったトートバッグは弓子に預かってもらい、言われるがままに着てみたのだけど。

こ、これは……。

「ゆ、弓子ちゃーん……」

「お、着れた？　見せて見せて！」

止める間もなく、カーテンを開けられて、あたふたしていれば弓子が歓声を上げた。

「やっぱよく似合ってるっかわいいー！」

「ね、ねえ、弓子ちゃん、恥ずかしいよう……」

弓子に渡されたのは太ももがほとんど露わになるような短いショートパンツと、襟ぐりが広く明いたトップスだった。

ちらっとついていたタグを見る限りオフショルダーというらしい。

ひらひらと薄い生地で、中に着込んだタンクトップが透けて見えるうえ、襟があきすぎて胸元が見えかけるのが怖い。

というか、スカートでもフレアパンツでもないよ!?

「うん、それにしても、やっぱり依夜の胸結構あるよねえ。制服だとほとんどわからないけど。そういう服がよりエロかわいくなるわあ。あたしじゃちょっと足りないからなあ」

「みゃっ」

しみじみと言われて、わたしは思わず胸元を隠した。改めて言われると無性に恥ずかしい。

かく言う弓子は、自分の胸を残念そうに見下ろしている。

確かに弓子は服の上から起伏がわかるくらいだけれどもそうじゃなくて！

「と、とともかく。これは、ちょっと……！」

「え、似合うのに。あ、そっか趣味じゃない？　よし、じゃあほかのところも行ってみよう。ああそうそうコーディネートなら靴とか鞄も見に行かないとね！」

や、靴はありがたいんだけどえと、え？

まくし立てる弓子にまた試着室に押し込められる前に、慌てて聞いた。

「弓子ちゃんフレアパンツは!?」

「もう買ったよー」

よく見れば弓子の手にはしっかりお店の手提げ袋が握られていた。

いつの間に!?

「むふふ、買い物はまだまだ序の口だよ。張り切って行こうっ！」

そんなわけで何かのスイッチが入った弓子につれられて、ショッピングモールの端から端までいろんな服のお店を回って、似たようなことを繰り返すことになったのだった。

わたしとしてはかなり攻めた服ばかりを着せられて、赤くなったり青くなったり忙しかった。けど弓子は選ぶ度に、これはどういう物か一つ一つ教えてくれて、わたしでも安心して着られそうな物も進めてくれた。

なにより、着てみせる度に弓子は喜んでくれて、自分のものじゃないのに選ぶのが本当に楽しそうで、わたしもつい乗せられてつきあっているうちに——……


「つ、疲れた……」

屋外広場に設けられたカフェスペースの一角で、わたしはテーブルに思いっきり突っ伏していた。

着替えを繰り返すのがあんなに体力使うものだとは知らなかったよ……。

と、ふと視線を感じて首をひねれば、トートバッグから黒蛇の頭が恨めしげにのぞいていた。

「わしの衣装はあれだけ嫌がるのにのう……」

「あれは完全に仮装だから。こっちは普通の服だもの」

たとえ恥ずかしかろうと似合わなかろうと、町中で着ていても目立たない服だ。抵抗はあっても試しに着てみるくらいは何とかなる。

「だが、わしがすすめても断固拒否していたショートパンツをあがなうとはのう」

「そ、それはっ」

わたしは思わず、椅子の背もたれにかけた紙袋をかばう。

実はあの後、弓子にすすめられた服の中から一式、買い揃えていたりした。

「や、だって服を買えって言ったのナギじゃない。それに弓子ちゃんはたくさんすすめてくれたし、すてきだなと思ったし。わたしも着るか着ないかはともかくとして、買うのはありかなあとか思ったわけで」

「うむ、鉄壁のぬしの牙城を崩すとは、弓子もなかなかやるの」

真剣に考え込むナギになんかいたたまれなくなって、不自然じゃない程度に身を乗り出した。

「だ、だからねっあの浄衣だってもっと普通の服にしてくれればいいのよ」

「それはだめだ」

すると意外に真剣な口調で却下されて戸惑った。

「衣装にもハレとケというものがあっての。晴れの日にそれなりの服装をするのは日常から乖離する以外にも、非日常の影響から身を守るためというのもあるのだ。隠世《かくりよ》という異質な場にゆくのであれば、なおさら特別な装いをせねばならぬ」

「……要するに？」

「かわいいは譲れぬ」

どやあと、胸を張る黒蛇は非常にうざかった。

「特別な装いって言うんなら、巫女服はどうなのよ。退魔にも禊《みそ》ぎ祓《ばら》いの神事にも適正な服じゃない」

「おや、ぬし自らの所望かね？」

「そういうわけじゃないけど、変な仮装よりはマシよ」

「まあ、用意がないわけではないが。それはもうちいとぬしがふさわしくなってからだの」

「なにそれ」

すました顔でいうナギに、むっとしたわたしだったけど、考えてみれば、ナギの力を借りなければ隠世へ行くことも退魔をすることも出来ないのだ。

こんなおんぶにだっこの状態じゃ術者としては問題外だし、それに、ナギにとってふさわしいというのが退魔の善し悪しじゃなくて、コスプレが似合うかどうかという可能性もある。

それなら永遠にふさわしくない方が嬉しい。うん。

まあそれでもちょっと胸の内に釈然としない物を感じていると、トレイを持った弓子が戻ってくるのが見えて、話はそこで途切れた。

「やーお待たせ！　とりあえずサンドイッチが二種類と、オレンジジュースにしてみたよ」

「ありがとう」

手を合わせてからわたしがストローに口を付けていると、弓子が申し訳なさそうな顔をしていた。

「ごめんね。あたしのペースで連れ回しちゃって。依夜が疲れてるのに気づかなかった」

「いいの。わたしも知らないところばかりで楽しかったし。服、選んでもらえて嬉しかったし」

むしろ女子高生とはこういうものかと驚きの連続だった、と弓子の傍らにある紙袋の束をみた。

あれだけわたしに服を選んで試着をさせていたのに、弓子はどこをどうしたのか自分の服もしっかり選んでいたのだ。

ちなみにフレアパンツはスカートみたいだけど、またがあってズボンになっているもの、だ。

うん、覚えた。

「だからね。また誘ってくれると嬉しいな、なんて」

ちょっと遠慮しつつ言ってみれば、弓子はほっとした表情で笑ってくれた。

「もちろん！　じゃあ今度は買った服着てどこか遊び行こうか」

「そ、それはちょっと……」

踏ん切りがつかないというか、またハードルが高いというか。

「ええ、せっかくよく似合ってたのにもったいないよ！　もしかしてあの靴も履かない気？」

「それはその……」

「せっかく買ったんだから履こうよ。依夜によく似合ってたんだからさ」

抗議する弓子にわたしは、服一式が入った紙袋と一緒にひっかけてある靴屋のビニール袋を意識した。

服に合わせようと入った靴屋で、思わず手に取ったそれは、試しに履かせてもらったときも足にしっくりきて、不思議なほど胸が高鳴った。

弓子にも絶賛されたけど、まさか自分から買うと言い出してしまったのが不思議だったのだ。

あの靴を履くには、やっぱりそれなりにお洒落な格好をしなきゃ、合わないよね。

それこそ今日買った服みたいなのとか。

恥ずかしいけど、でも……

「わ、わかった。……でも、いつかね」

「うん、約束だよ」

満足そうな弓子と指切りげんまんしつつ、お昼を食べ終える。

そうしてこれからどうするかと話していると、なにやら広場に人が集まって来ていた。

「なにか、野外ステージでイベントがあるみたいだね。ちょっと様子見ていこうか」

「うん」

幸いにも、わたしたちの座っているテーブルからも野外ステージがちらりと見える。

まもなく、野外ステージに司会役らしい女の人が上がってきて、観客席にいる子供たちに呼びかけだした。

『よい子のみんな、こーんにーちはー！　今日はこのショッピングモールに来てくれたみんなのために、ネンブツジャーが会いに来てくれてるよ！』

「念仏じゃー……？」

念仏と言えばお坊さんだけど、お坊さんが来ているだけで、どうして子供たちから歓声が上がるのだろう。

「日曜の朝にやってる戦隊ヒーローだよ、知らない？」

首を傾げていると、弓子が教えてくれて思い出す。

そういえば、ナギが見る魔法少女アニメの前に実写の番組がやっていたような。

日曜日は完全にナギのテレビタイムなんだけど、いつも七時ごろからテレビの前で待機していて、八時ごろにやる魔法少女を見るだけならそんなに前から待機しなくてもいいだろうにとあきれていたら「特撮ヒーローは少年のバイブルなのだ」と謎の反論をされたのだ。

「ネンブツジャー、弟が好きなんだ。おみやげにちょっと写真撮ってやりたいんだけど、いい？」

「うん、じゃあここで荷物番してるよ」

礼を言った弓子が人混みを縫うように消えていくのを見送る間にも、司会のお姉さんは観覧に関する注意事項などをてきぱきと説明し、子供たちを盛り上げていく。

『じゃあみんな、大きな声でネンブツジャーを呼んでみよう！　せーのっ』

「「「「ネンブツジャ――――っ!!」」」」

突然、子供たちの声をかき消すようにおどろおどろしいＢＧＭが鳴り響く。

派手な演出と共に乱入してきたのは、顔まで覆う黒い全身スーツを着た、いかにも下っ端そうな人たちだ。

観覧スペースの子供たちを脅かす彼らがステージに来た瞬間、堂々と登場したのは、暗い色を多用した甲冑と爬虫類を足して二で割ったような威圧的でいかめしい外見の着ぐるみだ。

照明や音楽と相まって、それなりに迫力がある。

「グハハハハハ!! ネンブツジャーなど恐れるに足らず! この八大地獄将軍が一人アビジゴッグ様が、この会場にいる者すべてを阿鼻叫喚に変えてやろう!! さあ、ザイーニンどもよ、地獄に落とす生け贄をつれてこい!!」

やたらとがはがは笑う姿は、とてもわかりやすい悪役だった。

そうしてアビジゴッグが手を振れば、ザイーニンというらしい黒スーツの手下たちが観覧スペースを歩いて回る。

きゃーと嬉しいのか怖いのかわからない悲鳴と歓声が子供たちの間から上がった。

すると子供の一人が立ち上がって、ザイーニンの一人に膝かっくんした。

おお、でも倒れないで持ちこたえた。

あ、今度はカンチョーされた。

さすがにいらっと来たみたいだけどスルーして、柔らかく子供を遠ざけている。

うわあ大変だなあ、ザイーニンさん。

『ふむ、その生きのいい子供が良さそうだ! 我が軍門に入れてザイーニンにしてくれよう。さあザイーニンよ、つれてまいれ!』

わたしが手下の人たちに若干同情の目を向けている間に、アビジゴッグは生け贄を決めたらしい。

緊迫感あふれるＢＧＭを背景に、手下たちが動き出し始める。

子供たちから悲鳴が上がった。

そのとき、強烈な気配を感じて全身が粟立った。

怒り？　憎しみ？　ともかく強い。

とっさに振り返れば、広場の中心近くにある噴水の水が、ぐぐっと持ち上がる光景に出くわした。

「え、なに。演出？」

「すげえー」

近くにいた観客はそれもイベントの一部と思っているのか、感心しつつもスマホを取り出していた。

けれど空中に浮いた水の固まりから勢いよく飛び出したバレーボール大の水球が、ステージ上にいたザイーニンの一人にあたり、ステージ奥まで吹き飛ばしていった。

出て来かけていたネンブツジャーは動きをとめ、観客が一瞬、静まりかえる。

とたん、大量の水球が降り注いでくる事態に、広場全体がパニックに陥った。

逃げなきゃと、とっさに思ったけど、悲鳴を上げて逃げまどう人々の間に、スマホを片手に呆然と立ち尽くす弓子を見つけて、わたしはショッピングモール内へ向かう人の流れに逆らって走り出した。

そのさなかにも、ステージ上にいたアビジゴッグが水球に吹き飛ばされるのがみえた。

「弓子ちゃん大丈夫!? 早く逃げよう！」

「う、うん！」

何とか弓子の下にたどり着いたわたしは、その手を引いて一緒に走る。

だけど、途中で観覧スペースになにが起きているかわからない様子で、座り込む男の子を見つけてしまった。

悩んだのは一瞬だ。

「先行ってて！」

「依夜!?」

手を離したわたしは、弓子の悲鳴を背中で聞きながら男の子の下へ走った。

でもザイーニンの人も気づいたようで、男の子に向かって駆け寄って来るのが見える。

ザイーニン、下っ端だけど良い人だ！

足を緩めかけたけど、遠くからこちらに飛んでくる水球に気づいて、足に力を込めなおす。

この距離だとわたしの方が早い！

何とか男の子の下にたどり着いたけど、水球は目前だ。

大人をふきとばすような水球を、子供が食らったら大変なことになる。

とっさにわたしは、呆然とする男の子の頭を胸に抱えた。

ふんわりと香の香りがした。

「仕方ないのう」

ややあきれた声に顔を上げれば、水球との間に人型のナギがいて。

ナギが水球に向けてすいと片手をあげたとたん、皮膚がぴりぴりとしびれるような濃密な霊力の高まりと共に水球がはぜた。

大量の水がナギをすり抜けてわたしたちに降り注ぐ。

バケツで水をひっかぶった気分だったけど、痛くはない。

わたしは髪からぼたぼたと滴をしたたらせつつ、かばっていた男の子の様子を確認した。

幼稚園と小学校の間くらいの男の子は、目をきょとんとさせていたけど、どこにも怪我はないようでほっとした。

ちょうど、ザイーニンの人も駆け寄ってきた。

「大丈夫か、い……！」

「あ、はい。大丈夫で、す？」

だけど、ザイーニンの人に気まずそうに顔をそらされて、わたしが首を傾げていると。

「お姉ちゃんすけすけだー……」

「え？」

その声に下を見てみれば、男の子の視線はわたしの胸に釘付けになっていたのだけど。

ずぶ濡れになったわたしのシャツワンピースは、ぴったりと体に張りついていた。

暑かったからカーディガンもトートバッグの中なわけで、シャツワンピースは色が薄かったから肌が見えるほど透けていて、中に身につけていたブラジャーの白がレースの形まではっきりとみ、見え……!?


はっと周囲を見渡せば、ほとんどの人は避難していたから広場はよく見通せた。

大勢の人がこちらを、つまりわたしの姿を見ている。

ぐんっと顔に血が上った。

理解の範疇を超えて、頭が真っ白になっていると、ひょいとナギがのぞき込んできた。

「おお、ぬしよ、よそ行きの下着で良かったのう」

「きゃあああああああ！！！」

金縛りがとけたわたしは、ありったけの悲鳴を上げてその場にしゃがみ込んだ。

でも水は背中からかぶったから、背中も丸見えでっ……!?

羞恥と混乱に頭がぐちゃぐちゃにかき乱される中。

割と、本気で、しにたいとおもった。

☆

気がつけばわたしは、自宅の部屋の隅で膝を抱えていて、ひたすら祝詞《のりと》を唱えていた。

心頭滅却、無我の境地……要するに頭を空っぽにするために、長年の習慣に行き着いたらしい。

大丈夫だ。衆目があったとはいえ、ほとんどの人は建物の中に避難していたし。

「おうい、ぬしよ。夕食が出来たぞ」

遠目なら濡れていることはわかってても透けていることなんてわかるわけないし、うんうん。たかが濡れ鼠になった程度なんだから。男の子は助けられたわけだし、その男の子だって小学生。気にすることはないんだ。

あれ、でもなんか「ふかふか……」とか言ってたような……いやいやないない。

「ぬしよ、温かいうちに食すがよいぞ」

ザイーニンの人もちゃんと顔をそらしてくれてたわけで、男の子もすけすけーとか見たまんまを無邪気に言っただけだから、残るは……

「ぬしよ、健康的な生足ショートパンツが似合うの、おっ!?」

ぱん、と思いを込めて柏手を打った。

すぐに空中ににじみ出てきたハリセンをつかむ。

浄衣を着ていなくてもハリセンを取り出すことは出来る、と教えられて一体何の役に立つのかと思っていたけど、今は本当にありがたい。

そうして握ったハリセンを振り向きざまに一閃したけど、ナギには寸前でよけられてしまった。

「どうしたぬしよ!?」

ちっと舌打ちしつつ、わたしは焦った顔をする三角巾にかっぽう着のナギを半眼でにらみつけた。

「ナギ、今すぐあの場の記憶を消してくれない？　そう、よくあるじゃない。頭をいい具合に揺らせば最近の記憶が消えるって」

「ぬしよ、マンガに興味を持つのは嬉しいが、現実に持ち込むのは非常によくないぞ」

「平気で二次元持ち込んでるあんたが今更正論言ってんじゃないわよ！　ていうかどうして水まで防いでくれなかったのよバカナギ!!」

「あそこでわしが水まで排除しておったら不自然だろう」

あきれ口調で言われて、一瞬言葉が詰まったわたしだけど、気づいた。

「水の弾が飛んでくるなんてあれだけ怪奇現象が起こったんだから、あんたが水を止めたって五十歩百歩だったでしょ！」

「眼福を考えたことは否めぬ。さらにぬしの肩だしショートパンツ生足を堪能出来たことはまこと僥倖《ぎょうこう》であったぞ」

堂々と言い放つナギに、わたしは今の服装を思い出して、かっと顔に熱が上った。

あの後、別室でイベントの関係者とかショッピングモールを管理している偉い人に平謝りされて、クリーニング代やら何かのノベルティを押しつけられたのだけど。

全身ずぶ濡れのわたしは借りたタオルで拭くだけじゃ到底外を出歩けそうにもなくて、弓子に下着だけ買ってきてもらって、モールで買った一式に着替えて帰ることになったのだ。

そう、ショートパンツにオフショルダーのやつである。

弓子はかわいいとはしゃいでくれたのだけど、何の心の準備もないままあれを着ることになって、帰り道は気が気じゃなかった。

電車の中も人の視線がものすごく気になるし、学生っぽい男の子たちにはひそひそささやかれるし……あれ絶対気のせいなんかじゃなかった。

わかってるさ。一緒にいた弓子に比べれば全然似合わないことくらい。しょうがなかったんだよ、着替えがそれしかなかったんだ！　と訴えて回りたかったけどそれこそ自意識過剰の変な人になるから、ずっと弓子に手を引いてもらってうつむいてた。

家に帰ったときには精根尽き果てていて、そのままの格好で膝を抱えていたのだった。

今更なことを思い出してこみ上げてきた羞恥を怒りに変えて、ナギに詰め寄った。

「開　き　直　る　な！　というか、あの水弾《みずだま》もあんたのせいなんじゃないの!?」

「それは違うぞ」

「な、なにが違うのよ」

真顔で言うナギの妙な気迫に気圧されつつも尋ねれば、ナギはほかほかと湯気の立つ皿を持ってきた。

「語るのはやぶさかではないが、まずは食事だ。食べながらでも話は聞けよう？　うまいうちに食べて欲しいでな」

そうしてちゃぶ台に次々並べられるおかずを、わたしは複雑な気分で眺めた。

家に帰るまでは半分魂が抜けていて、ナギの指示した通りにスーパーで買い物をしてきたけど。

本当は自分が食べるものなんだから、わたしが作るのが当然だ。

なのに、へばってるわけでもないのに作ってもらってしまった。しかも好物ばかり。

それを誇るわけでもなく当たり前のように差し出してくるのが、なんか悔しいというか、なんかむずがゆくて落ち着かない。

でも、いらないって突っぱねるのはまさに子供だし、おいしそうなおかずとぴかぴかのご飯に失礼だ。誰が作ろうと、おいしいものに罪はないわけだし。

「……いただきます」

仕方なくわたしは、ハリセンをお箸に持ち替えて、目の前のご飯を食べ始めた。

……くっそう、煮物がおいしい。何よこのつくねハンバーグ、ふわふわじゃない。

お腹が空いていたのも相まって黙々と食べていれば、三角巾とかっぽう着をはずしたナギは自分で淹れたお茶の湯飲みをもって対面に座った。

「実はな、あのモールに関して少々よからぬ噂を耳にしておったのだ」

開始早々突っ込みどころ満載の台詞にげんなりする。

「式神のあんたが、どこから噂を聞くのよ」

「むろん、妖どもとＳＮＳだ」

案の定わたしの知らないところで活動している実状には、もう何も言うまいとあきらめた。

「何でも最近、モール内では怪現象が起きていたらしくての。監視カメラに何も映っておらぬのに、商品がいつの間にか壊れておったり、通路が泥で汚れておったり。そうでなくても、置き引きやのぞきなどの軽犯罪が多発しておったようだのう」

「それ普通に人の仕業じゃない？」

確かに、陰の気が濃いところだと、影響されて犯罪が起きやすいけど、それは人が集まるところだったら同じようにあることだし、断定は出来ない。

「いや、まだあるぞ。数日前には、消火栓ホースから水があふれ出る騒ぎがあったそうだ。点検してもどこも故障はないというのに、だ」

言いつつ、ナギがパソコンを操作して見せてきたページには、確かにその騒ぎについての個人の書き込みがあった。

ショッピングモール側は伏せているが、人の口に戸はたてられなかったらしい。

そのときの被害はホースの水をかぶったのが数人と、暴れ出すホースに強打されて気絶したのが一人だ。

だけどその人はスリの常習犯だったみたいで、後で逮捕されたらしいから同情はしないけど。

「客の話だと、勝手に消火栓の戸が開いて、ホースが暴れ出したらしいの。その様は、意思を持っているかのようだったとか」

「……確かに人あらざるものの仕業、ね」

「そうだろうの」

ナギは正解とでも言うように微笑した。

わたしも、あの水弾が現れる前に寒気がしたのは、何らかの力の気配だったのだろう。

昼間に起きたことも合わせて、実害が出てき始めているそれは明らかに周囲に害意を持っている。

放っておいたら間違いなく危険だ。

次に何かを起こしたら、巻き込まれた人は濡れるだけじゃすまないかもしれない。

だけど、騒ぎを起こすモノが現れるのがショッピングモール内だけなのだから、収束するまで近づかなければいい話だ。

わたしはショッピングモールに用はないし、もしかしたらあれを見てる人とすれ違ってしまうかもしれないんだ。そんなところにどうして好き好んで行くのだ。

そうしてわたしは、黙々と最後の一粒まで食べきってから、ナギをにらみつけて言った。

「ナギ、あの水弾魔を捕まえる。手伝って」

ナギの紅い瞳が意外そうに見開かれた。

「ほう、ずいぶん積極的だの。関係ないといやがると思うておったのに」

「関係ないのはほんとだし今だって思ってるけど。その水弾魔のせいで弓子ちゃんが怖い思いをしたし、楽しいお出かけを台無しにされたのよ」

どんな奴だったのか確かめて……お礼参りぐらいはやってやらなきゃ気がすまない。

やられっぱなしだと思ったら大間違いなのだ。

落ち込みきったわたしが怒りをたぎらせていると、ナギがにやりと唇の端をあげた。

「ならば、今からゆくか」

「えっ」

「思い立ったが吉日というやつだ。確実にそこに奴がいるとわかっておるのなら、拝みにゆこうではないか」

完全に乗り気のナギにわたしはぎょっとした。なんか勘違いしてない!?

「ちょっと待ってよ、わたしは明日の昼間に偵察しに行くつもりだっただけで……それに、閉店後のショッピングモールにどうやって入るのよ。もし、入れたとしても警備員がいるし、セキュリティもかかってるだろうし、すぐに捕まっちゃうわよ」

「ぬしに姿が見えなかったことからして、あの者は隠世より一時的に現世《うつしよ》へ干渉しておるのだろう。隠世を伝えばショッピングモールに入るなど訳ないぞ」

「や、でも……」

「それに、どちらにせよ隠世へわたることになる。浄衣を着れば、今のぬしでも半日は寝込むであろう？　明日に持ち越せば、翌日学校に行けぬぞ」

理屈をこねられ、わたしはぐぬぬと黙り込むしかない。

くそう、言っていることはめちゃくちゃなのに、口を挟める余地がない。

いやまてよ？　そもそも隠世からでも不法侵入は犯罪なんだから駄目だよね。

でも、わたしは未だにふつふつと腹の底が煮えているのだ。

やめるとは言いたくなかった。

だけどやっぱりあの浄衣を着なきゃいけないんだなこんちくしょう！

「で、どうする。ぬしよ」

わたしは愉快げなナギをぎっとにらんで、言葉を絞り出した。

「……今度は、フリルが少なくて動きやすいやつにして」

「あいわかった」

その満足げなにんまり顔に、わたしは全力で負けた気分を味わった。

というわけで、わたしはナギを引き連れて、数時間前までいたショッピングモールに戻ってきていた。

帰る前には電飾がともり、まだまだにぎやかだったショッピングモールも、営業時間が終わって今ではぱったりと人気《ひとけ》がなくなっている。

人通りもなく大きな建物が夜の暗闇にひっそりとそびえ立っているさまは、昼間とは大違いだ。

それでも従業員がいないとも限らないので、適当な物陰に隠れたわたしは、覚悟を決めて鈴を振った。


ろん。と涼やかな音色が響いた瞬間、燐光があふれ出す。


羽でなでられているようなくすぐったい感触は毎度慣れないのだけど、体の奥から力強い熱があふれてくる。

その感覚にどこか懐かしさを感じるような……。

なんだろう、と記憶をたどって行きかけた瞬間、ぱっと光が散っていった。

そうして、用意周到なナギがどこからともなく出した姿鏡を反射的に見たわたしは、悲鳴を上げてしゃがみ込んだ。

「な、ナギ！　なによこれっ!?」

「うむ、今回のぬしはやる気万倍だったのでな。動きやすく、かっこいい衣装にしてみたぞ。残念だがフリルも少な目だ」

「確かに動きやすそうだしフリルも少ないけどっ。何でこんなに胸とお腹ががっつりあいてるのよ!?」

今回の衣装は全体的にシャープなスーツ風だったけど、シャープすぎて体の線が丸見えなうえ、太ももまで露わになったショートパンツというきわどさだったのだ。

しかも、ぴったりしたジャケットは丈が短いし、インナーがよく見えるようなデザインになっているのだけど、短すぎるインナーは胸元が大きくえぐれて、寄せられた谷間も露わになっていた。

もう、背中に流された髪がゆるく巻かれていることや、施された化粧でちょっと大人っぽく見えておおとか思ったのが一瞬で吹っ飛んだ。

「これもう下着じゃない!?　一体全体どういう仮装よ！」

「うむ、今日のぬしは怒りに燃えておったでな、それにふさわしく悪の女幹部にしてみたぞ。ぬしに似合うようにちいとばかしかわゆさも足しておる」

「あ、悪の女幹部!?」

悪の女幹部って、つまり敵役ということだ。

どうしてそっちを選ぶのかとかいろいろ言いたいことはあるけれど！

「あ、悪役って言うんなら、戦うんじゃないの！　お腹も胸も足も出ちゃって防御性能ゼロにしか思えないんだけど!?」

「何を言うておる。昔から悪の女幹部は世のお父さんに楽しんでもらうために、とにもかくにもセクシーなデザインだと相場が決まっておる」

「デザインに意味がないって認めた!?」

「安心せい、面積は少ないがいつも通りぬしの身は守られておるよ」

「と、とにかくこれはないっ！　ただでさえわたし太ってるのに、わざわざ晒すなんて嫌よ！」

あっさりとしたナギの返答に一瞬言葉をなくしたわたしだったけど、全力で抗議した。

ただでさえ浄衣を着るようになって以来、二割は食べる量が増えているのだ。

小学生のころから、山の妖たちに丸っこい丸っこいとからかわれ続け、鏡で自分を見てもほっそりはしていないと自覚している。

むっちむっちの足や、肉が摘《つま》めてしまうお腹を堂々とさらして歩けるほど、わたしは面の皮は厚く出来ていないのだ。

これればかりは断固として拒否しようとわたしは顔を上げたのだが、元凶はそこにいなかった。

戸惑った矢先、むき出しのお腹にひんやりとした手が添えられて固まった。

つぃと指先がすべっていく感覚に体が勝手に震える。

「ッッ！！？？」

ナギに背後から覆いかぶさるようにしてお腹をやわりとなでられて、わたしは声にならない悲鳴を上げて飛びすさった。

ぞわぞわと鳥肌がたったお腹をかばいながら振り向く。

感触を確かめるように二、三度手を開閉したナギは、釈然としない風で首を傾げていた。

「やはり、ぬしの腹なぞぽっちゃり系にも入らぬぞ。太く見える気がする理由はまあるが、まあ十代の娘はちぃとばかりみずみずしいからの、健康な体重でも太って見える気がするものだ」

「な、ななな……!!」

ナギの言葉がいっさい耳に入ってこなかったけど、顔からなにから真っ赤になっていくのだけはわかる。

もはや言葉に出来ずにわなわなと震えていると、ナギは大まじめに続けた。

「それにの、今のモデルのようにスレンダーばかりが魅力ではない。こうむっちりとしたメリハリのある体つき、というのも世の男には人気があるものだぞ。でなければその浄衣は似合わぬからな」

うんうんと一人納得した風で言うナギに、わたしは柏手を打ってハリセンを引き出すことで応えた。

「それで言うとぬしは明らかに後者でな……うん？　どうした、ハリセンなぞ構えて」

「言いたいことはそれだけかこのセクハラ式神が――――っっ！！！」

胸元からお腹から真っ赤にしたわたしは、涙目でナギの胴体にハリセンを食い込ませたのだった。

「全くひどいのう。わしにマゾの素養はないというのに」

「わたしにだって、い、いきなりお腹をなでられて喜ぶ趣味なんてないんだからっ!!」

すべてがセピアに彩られる隠世のショッピングモールに、わたしはむかむかとした腹立ちのまま、荒々しくブーツを鳴り響かせた。

ショートパンツや太ももまでぴったりと覆うブーツが、伸縮性があって歩きやすいのがますます腹立つ！

結局、それ以外は受け付けないというナギの言に負け、先ほどの腹だし胸だし悪の女幹部コスプレのままだった。

どうせ、ナギと自分しか見ないし、禍霊ならばこちらの服装などお構いなしのはず。

大事なのは、わたしをずぶ濡れにした犯人を捕まえることだ。

そう言い聞かせることで、なんとか気恥ずかしさに耐えていたのに、ナギは不満そうにさらに突っ込んでくる。

「さわって確かめるのが一番簡単ではないか」

「その前に目視でわかるでしょ目視で！」

「わからぬから確かめたのだがのう。隠れ肥満という可能性も考えられたでな」

ひとりごちるナギを努めて無視し、わたしは何か異変はないかと神経をとぎすませた。

何せ、電車で来たので、終電までには終わらせて帰らなきゃいけない。

あんまり猶予はないのだ。

日中、このショッピングモールに来た時は、濃い陰の気が漂っているのは感じていたけど、人が多く集まる場所ではよくあることだ。

だからそんなに悪質なモノはいないだろうと、安心して遊んでいた矢先にあの騒ぎだった。

でも、その理由の一端が今見えた。

「なに、この瘴気の濃さ」

隠世のショッピングモールに踏み入れた瞬間、むせかえりそうな瘴気の渦に思わず口元を覆った。

いつもならあっという間に倒れているだろうけど、浄衣のおかげでなんとかなっている。

でもブーツで黒い瘴気をかき分けるたびに、ねっとりとしたモノがこびりつく気がしてやっぱり気持ち悪い。

これだけの瘴気が隠世にはびこっていて、現世に影響がないのが奇跡のようだ。

「ねえナギ、この瘴気の大元はわかる？」

「うむ、このショッピングモール全体にはびこっておるゆえ、ちいと厳しいの。近づけばわかるやもしれぬが」

あっさりと言われてちょっと悩んでいると、ナギに提案された。

「とりあえず広場にゆくのが良いのではないか。犯人は現場に戻ってくると言うからのう」

微妙に適当さを感じなくもないが、それ以外に当てもない。

わたしはハリセンで瘴気を祓いつつ、広場へ向かった。

このショッピングモールは西棟と東棟にわかれていて、建物に囲まれるように野外広場があった。

日中は人で埋め尽くされていたその広い空間も、がらんとしていて、妙に寒々しい。

広場にたどり着いたわたしは、数時間前に遭遇した惨事を思い出さないために、大きな噴水を視界に入れないようにしながら辺りを見回した。

広場はイベントステージがあるだけじゃなく、所々芝生とか本物の木が植えられていたりして、普通に公園として楽しめそうな場所だ。

その片隅に、日中は気づかなかった小さな祠《ほこら》を見つけた。

真新しい建物の中で、その祠の古びようは浮いていたけれど、小さいながらも鳥居がついていて、構えとしては結構立派だ。

たぶん、元々この土地にあったものを、壊さずに移築したのだろう。

こういう祠はいろんな理由で作られるけど、そこには必ず、人々が祈り込めた想いがある。

人から人へ続くことで良い気が巡り土地が活性化され、まつられている神の力になり、また土地が守られていく。

だからこういうのを見ると、ちょっぴり嬉しくなるのだ。

わたしも昼間に気づかなかった分だけ祈っておこうか、と、祠に近づこうとした。

後ろから強い力で肩を引っ張られて、引き倒されてしりもちをつく。

肩を引っ張ったのがナギだと理解した瞬間、さっきまでいた空間に、水の弾丸が着弾した。

「なっ!?」

鈍い音をさせて地面がえぐれ、飛沫《しぶき》がブーツにかかるのに唖然としたわたしは、次いで現れた濃密な気配にはっと顔を上げる。

「くっ！　しとめそこなったか。敵ながら運の良い奴だ」

ふらりと空中に現れたのは、直衣《のうし》を身にまとい、ナマズの頭に烏帽子《えぼし》を載せた人型だった。

そのどっからどう見てもナマズ顔のそいつは、器用に袖からヒレを出し、ナマズ尾で仁王立ちしていたけれど、これでもかというくらいの真っ赤な着物が目に痛い。

わたしを睥睨《へいげい》しているそいつは、いらだたしげに長い髭を揺らめかせ、ナマズ顔でもわかるほどの怒気をにじませて言った。

「ほほう、今宵は少々毛色が違うようだが、増援か。けがわらしい泥をまき散らすだけでは飽きたらず、とうとうここまでたどり着きおったか！」

「はっ!?」

訳のわからないことを言い始めたナマズに呆然としつつも、あの水弾には既視感を覚えた。

「ねえナギ、こいつがもしかして」

「おそらく、日中の水弾魔だろう。だが……」

言い掛けたナギの言葉はナマズ大音声に遮られた。

「だがしかぁし！　我が正義の名の下に、知行地を荒らした報い、受けてもらおうぞ！」

興奮したナマズは、びっと芝居がかった動作でわたしに指を突きつける。

とたん、奴の周囲に躍っていた水が一斉に襲いかかってきた。

とっさに地を蹴れば、体は軽く大地から離れる。

ドドドッ!!　と離れた地面に水弾が着弾し、芝生をえぐった。

浄衣のおかげで身体能力が上がっているから、日中の二の舞にはならない。

だけど、わたしが空中にいる間も水弾は次から次へと襲ってきた。

体をひねってよけきれなかった水弾は、ハリセンを振り回して弾き飛ばし、地面に着地して、顔を上げる。

確かに、この水弾は紛れもなく昼間にわたしをずぶ濡れにしたやつだ。

こいつの、せいで、わたしはあんな目に……！

頭上に浮かんだままのナマズは、当たらない水弾に歯噛みをしていた。

「く、ちょこまか逃げおって！　我には未だ使命があるというのに……」

「……言いたいことはそれだけ？」

「なに？」

ゆらり、と立ち上がったわたしは、助走をつけて強く地を蹴った。

そうしてナマズに肉薄すると、問答無用でハリセンをナマズ顔に振りおろす。

「うわあっと!?」

驚いたナマズが寸前でのけぞった。

体を逃がそうともがくナマズの着物の衿首《えりくび》を、片手でむんずとつかむ。

そのまま振り回すことで体勢を入れ替えて、ナマズを地面に叩きつけた。

空中にいられると面倒なのだ。

「ぐ、ぐほっ！　な、なんだ!?」

せき込むナマズのそばに着地したわたしは、すかさず身を翻してハリセンを一閃したのだが、当たった瞬間、ナマズだと思っていた物は水に変わった。

本体はどこへ行った。

ちりっと首筋の産毛が逆立った気がして振り向けば、無数の水弾が降りそそいでくるのを、身をひねることでよける。

その間に水弾が撃ち出された方向を見るが、そこにはナマズの姿がない。

と、ナマズの声だけがあたりに響きわたった。

「ふははは！　我が秘技『水乱演舞《すいらんえんぶ》』をとくと受けるが良い！」

そうしてあらゆる方向から水弾が、わたしめがけて降り注いできた。

水弾と水弾の間を縫うようにステップとハリセンで避け続けたけど、身体能力が上がった今のわたしでも長くは続かない。

さすがに息切れした瞬間、背中からの水弾をまともに食らった。

体に衝撃が抜けて、地面に転がる。

全身がずぶ濡れになって、流しっぱなしの髪からぼたぼた滴が落ちた。

倒れたのがタイルの上だったから泥だらけにはならなかったものの、体に服が張り付いて気持ち悪い。

今回の浄衣は厚手らしく、全く透けないのが救いか。

せき込みながらも立ち上がろうとすれば、ナマズの悦に入った笑い声が聞こえた。

「ふはは、げほっごほっ！　ぜーはー……。我が秘技『水乱演舞』をやぶれる者などなし！　そのまま藻屑となって消えるが良い！」

……もしかして、向こうもけっこう疲れてる？

自分の呼吸を落ち着かせたわたしは、どこにいるかもわからないナマズに悪態をついてみせる。

「禍霊に堕ちかけの妖のくせに、こざかしいまねしてくれるじゃない」

というか、言葉の端々になんかものすごく既視感を覚えるのよね。

すると、近くに出来ていた水たまりからナマズの顔がにゅっと飛び出して、烈火のごとく抗議された。

「なんたる侮辱！　卑しき穢《けが》れは貴様の方であろう！　我は悪を挫《くじ》く正義の味方ぞ！　敵の軍門下るものか!!」

あっさりと姿を現してくれたナマズに、思わず唇の端があがった。

目が合ったナマズはやばい、という顔でまた隠れたが、もう逃がさない。

あのナマズが水の中に隠れているのはわかった。

だけどさっきまでの水弾攻撃で、周囲には大量に水たまりが出来ていた。

精神を研ぎ澄ませても、ナマズの気配はすべての水から漂ってくる。

ならナマズがわかるまで、わたしの気配に塗り替えればいい。

わたしはかっと熱くなった頭のまま、ハリセンの先を水たまりの一つに突き立てた。

「〝探して〟」

瞬間、わたしの意図をくみ取ったように、ハリセンから光があふれ出し、水を伝って放射状に広がった。

ハリセンの魔を祓う力を放出すれば、引っかかるはずだ。

「うわあっと!?」

案の定驚愕の声に振り返れば、へっぴり腰で地面にナマズがいた。

すかさずわたしは加速し、また水たまりへ逃げようとしたナマズの着物をブーツで縫い止める。

そうして乱れた濡れ髪を無造作に背中に払って睥睨すれば、ナマズは顔をひきつらせながらもわめき始めた。

「と、とうとう本性を現したな、平和を乱す悪党め!! たとえ世界が許そうと、我が正義の鉄槌《てっつい》を下してくれっ……!?」

わたしが無言でハリセンを顔のそばに叩きつければ、すさまじい音と共に床がえぐれた。

たらりと汗を滴らせて沈黙するナマズに、こてり、と首を傾げてみせる。

「何回殴れば、瘴気が抜けるかしら?」

「て、敵ながら我を追いつめるとは天晴れな……ほめてつかわそう」

「あれだけ人様に迷惑をかけたんだから、余分に殴っても大丈夫だと思うのよ」

「な、何の話だ。よ、よく見ればずいぶん年若い娘ではないか! その破廉恥きわまりない衣装もよう似合って……あいや娘、なぜ振りかぶる!」

「今更往生際が悪いわね。禍霊なら禍霊らしくとっとと祓われて元に戻りなさい!!」

「待て、早まるな娘よ話し合えばわかる!!」

「もう話し合いの時期は越えてるのよこの恨み思い知れ！」

「わあああ！」

ナマズがヒレを上げてかばうのにむけて、わたしは渾身の力を込めてハリセンを振り下ろ――

……

「ちいと待て」

「ひゃあああ!!」

そうとした瞬間、後ろからわき腹をなで上げられてハリセンを取り落とした。

ぞわぞわ鳥肌が立つわき腹をかばいつつ振り返れば、犯人であるナギがいる。

「ふむ、やっぱり健康的ではないか。腹も縦線が入っているでな。なかなか鍛えられておる」

「ま、またいきなり、邪魔しないでよっ!?」

「ちいと頭に血が上っているようだったでの。ぬしよ、よう見てみい。それは瘴気に侵されてはおらぬぞ」

「なに言って……！」

とうとう頭がわいたのか、と声を荒らげかけたわたしだったが、その前に必死な声が聞こえた。

「わ、我はこの一帯の田畑の水源を守りし田の神ぞ！　禍霊《まがつひ》崩れと一緒にするでない！」

「田の神？」

その名乗りにもう一度ナマズを見おろせば、確かに彼の周囲には瘴気の穢れはない。

そういえば、こうやって理性的にというと微妙だけど普通に意思の疎通をとれているのも禍霊とは違う。

「じゃあ、ショッピングモール内の瘴気は何なのよ」

「我が知行地を乗っ取らんとたくらむ、悪の軍団による侵攻なのだ！」

え、つまり？　え？

憤然とするナマズとナギに交互に視線をやれば、ナギはいつものひょうひょうとした態度で、肩をすくめた。

「ちいと話し合った方が良さそうだの」

☆

「いやあ助かりもうした！　危うく三枚おろしになるところであった！」

わたしのブーツの縫いとめから解放されたナマズ――田の神は、噴水の池に浸かりつつ、からからと笑った。

でも、微妙にわたしから距離を置いているのは気のせいじゃないだろう。

ぶっちゃけわたしもハリセン持ったままだし、警戒も解いていない。

「いや、わしの主《あるじ》も、ちいとばかし先走ったでな」

「ほほう！　おぬしは式神として使役されておるか。このような主に仕えるのは真に気苦労が多そうだ」

「そうでもないぞ。なかなか良き主に恵まれたと思うておる」

ナギに憐憫《れんびん》の視線を向ける田の神に、わたしは少々いらっとする。

苦労してるのはわたしの方なんですけど！

でもそこに突っ込むと諸々のことを説明しなきゃいけなくなるので、ぐっと黙り込み、和気藹々と談笑するナギと田の神に割って入った。

「で、何であんなに瘴気がはびこっているの」

「う、うむ。話せば長くなるのだが」

わたしの地を這うような低い声に、びくっとした田の神は咳払いをして語り始めた。

「元々我は、この土地一帯を縄張りとしていたナマズ化けでな。ある時洪水を止めてやったら人間に水神に祭り上げられたのだ。以来、時を経て治水だけではなく豊穣も司るようになり、我は田畑を見守りつつ、お供えの饅頭などを楽しみに日々を過ごしておったのだ。だがしかあし！」

くわっとちいさな目を見開いた田の神は、苦悩の表情でもだえた。

「あるとき我が長年見守って来た田畑が見る影もなく埋め立てられ、このようなでっかいショッピングモールが建てられてしまったのだ！」

盛大に嘆く田の神に、わたしは少しひるんだ。

実は妖と神の違いは、ほとんどなかったりする。

違いは人に祭られているかいないかぐらいの物で、人神《ひとがみ》という言葉があるように人ですら神になることはあり得るのだ。

だけど、見えない、感じ取れない人々は、現代ではその土地の神に十分な了解を得ず、自分たちの都合で土地をいじり回すことが多くなった。

神威を示せるほど強い神ならたたりの一つでも食らわせるのだろうけど、そういうことになる土地の神は、神力が衰えていたりすることが多く、静かに土地を離れて野良神になるか、妖に戻るしかない。

水守でも地鎮祭を通して、その土地を使わせてもらえないかと神と交渉したりするし、土地を無断で変えられた神が荒ぶるのを強引に封印することもあった。

守りを失った神の嘆きが深ければ、土地が淀み瘴気を呼び寄せる。

この田の神が気づかないうちに引き寄せたとしたら、それはわたしたち、人のせいだ。

「それで、人間たちを恨んでいるの？」

「いや、それとこれとは別だわい」

あっさりと言った田の神に、思い詰めていたわたしは目を点にした。

は、別？

「最近は機械をつこうて一気に田植えをするようになっておったからのう。そろそろ怪しいとは思っておったのだ。幸運にも我の祠《いえ》は移築されたで、ちいとばかし霊格が衰えただけで問題なし。

確かに早乙女のやわいふくらはぎを見れなくなったのは残念だが、今はぴちぴちのおなごが毎日のように来る上、新たな楽しみを見つけたでの。むしろ充実しておる！」

やったらつやつやとナマズ顔を輝かせる田の神に、わたしはげんなりとした。

どうして、わたしの周りにいる人外はアレな奴ばっかりなんだ……！

頭を抱えるわたしの横で、袖に手を入れたナギは興味が引かれたのか問いかけた。

「新たな楽しみとは何かの、田の神」

「おおう、よくぞ聞いてくれた式神よ。　こ・れ・じゃ!!」

きゅぴーん！と小さな目玉をきらめかせた田の神が着物の懐から取り出したのは、子供向けの厚い紙で出来た本だ。

その表紙は、それぞれのテーマカラーの全身スーツを身につけた五人組がポーズを取った写真で飾られている。

「仏心戦隊ネンブツジャーじゃ！」

誇らしげに宣言した田の神に、わたしはどんなリアクションをとれば良いのかよくわからなかった。

「ネンブツジャーはの、人間界を地獄に落とさんと暗躍する地獄鬼帝国から人々を守るため、仏の心で立ち向かうのだ！　彼らにはそれぞれの守り仏がおっての、真言を唱えることで必殺技を繰り出し、アビジゴッグをはじめとする地獄の鬼どもを滅殺するのだぞ！」

そこからどれだけネンブツジャーが強くてかっこいいかを語り始める田の神を、わたしはぽかーんと眺めるしかなかった。

八百万《やおよろず》の神が仏様を愛好する……や、確かに神仏習合とかいって、一緒に祀られていたり、神様が仏門に帰依したりする話もあるんだけれども。

ええっと、仏なのに改宗じゃなくて倒しちゃうんだ、とか突っ込むのは、めちゃくちゃ瞳をきらきらさせながら語る田の神を前に出来なかった。

まあ、でも田の神の言葉の端々に既視感を覚えた理由がはっきりした。

全部、戦隊ヒーローの独特のしゃべり方にそっくりなのだ。

「……そして、ネンブツジャーに仏と慈悲の心を学んだ我は決めたのだ。これからは田の神ではなく、このショッピングモールの平安を守る正義の味方となろうと！」

戦隊ヒーローで仏の心を学んだ神様（本物）。むちゃくちゃシュールだ。

まさに燃える意志で宣言した田の神は、さらにネンブツジャーの良さを語り始めようとするけど、ナギが割り込んでくれた。

「で、田の神よ。正義の活動はどうやり始めた」

「うむ！　まずはモールを巡回してな、モールの秩序を乱す小悪党どもを片端から懲らしめたのだ。我は水のあるところにならばどこへでもゆけるでな。倒した悪は両手の数では足りぬぞ！」

自慢げに胸を張る田の神の言葉に、ぴんときた。

「もしかして、最近も消火栓を動かしてひったくり犯を捕まえてたりした？」

「おお、よく知っておるの。正義の味方は人知れず活躍するものだが、活躍を知られるのも悪くないものだ！」

田の神は、ふふん、と得意げにエラを開閉させた。

「今日などは、祠でつかの間の休息をとっておると、子供たちの悲鳴が聞こえてな。起きれば現世にアビジゴッグが現れておるではないか！　アビジゴッグはネンブツジャーにとって最悪の強敵、何度も煮え湯を飲まされているのはよう知っておった。故に我は傷ついた体なれど助太刀せんと奮起し、雑魚どもを蹴散らしてやったわ!!」

ああ、わかった。

この田の神、巷でよく言われる中二病に罹患してしまったネンブツジャーオタクだ。

しかも現実と二次元の区別が付いていない。

そんなはた迷惑な行動に巻き込まれてあの騒ぎだったとは、何とも言えず脱力感があった。

田の神は思い出したようにヒレを打った。

「そうだ。その功徳のおかげか、今日は年若い娘が美しき濡れ姿を見せてくれてのう……淡く透ける肢体はまっこと扇情的で、特に乳が大きくてのう。恥じらう姿も初々しく眼福であった」

しみじみと言うナマズの鼻の下はすさまじく伸びていた。

ナマズに鼻の下があるのかはわからないけど、あれもがっつり見ていただと!?

屈辱と怒りに震えるわたしが即座にハリセンを振りかぶれば、田の神の顔が恐怖に染まる。

「あいや娘なぜハリセンを振りかぶる！」

「問答無用！　黙って滅されろエロ神めっ」

「我は夫婦和合も司っているゆえエロも正義だ！」

「ひらきなおるなあああああ！」

振り抜いたハリセンはナマズが逃げたせいで、水面をたたくだけに終わった。

おかげでまた水をかぶる羽目になる。

そうしたら、あのときの情けなさとかいたたまれなさとか哀しみがまた甦ってきて、顔が真っ赤になると同時に泣きたくなっていると、頭に手がおかれた。

「落ち着け、ぬしよ」

「これが落ち着いていられる!?」

「ぬしがエロかわいいのは本当のことではないか」

だから、どうして！　そういうことを平気で言うの!?

わなわなと震えるわたしだったけど、ナギにぽんぽんと頭をなでられてなだめられれば、自分が恥ずかしがっているのがものすごく子供っぽいことのように思えてくる。

納得はしていないものの結果的に微妙に落ち着いてしまったわたしがハリセンをおろすと、噴水の陰から恐る恐るといった風でこちらをのぞいていた田の神が面妖な顔をしていた。

「おぬしらは、あの穢れどもの手先とは違うようだの……」

「その話はさっき否定したでしょ。ていうかどうしてまだこだわるの」

「その扇情的でエロいコスチュームを着て平気で外を出歩くなど、まぎれもなく悪の女幹部ではないか。それにどことなく衆合姫《しゅうごうひめ》に似ておったでな、故に我はエロかわゆさに魅了されぬうちに倒さねばと思ったのだが」

落ち着いたはずの羞恥心がぶり返してわたしは思わず体を腕で隠した。

また顔に熱が上る。

「へ、平気で外を出歩いてるわけじゃないんだから！」

好きで着ているわけでもないし!!

というかこの田の神の戦隊ヒーローフリークも相当だけど、つまり田の神の誤解の元は全部この浄衣のせいか！

ぎんっと元凶の式神をにらめば、ナギはこちらを見もせずに田の神に話しかけていた。

「おお、この衣装のコンセプトを一目で看破するとは、さすがだな田の神よ」

「そうか、このけしからん衣装を作ったのは式神どのであったか。なんとすばらしい女幹部ぶりよ。女幹部はやはりエロくなければな。……だが、なぜレオタードにせなんだ。そちらの方がよりエロく女幹部らしゅうなると思うが」

「確かにレオタードも悪くない。我が主であれば、正統派エロ女幹部であろうと着こなすだろう。だが、主はまだ発展途上の若さとあどけなさ、つまりかわいさがあるのでな。ただエロいだけでは詰まらぬ故、それを両立させるべく今回のこのデザインとなったのだ」

「エロさの中にかわゆさを両立させることで新たな女幹部像の体現をする……！　おぬしは神か！」

「二人ともただの変態だよ！　というかエロいって連呼するな恥ずかしいでしょ!!」

驚愕に固まる田の神と得意げに胸を張るナギに全力で叫べば、全く同じタイミングで不思議そうな顔をされた。

「その乳で」

「その腰で」

「何故エロくないのだ」

もうやだこいつら。


理不尽さと無力感に打ちひしがれながらしゃがみ込んでいると、田の神がヒレを顔に当てて考え込む仕草を見せた。

「ふむ、新たな女幹部なれば、ヒーローとしても新たな境地を目指してもかまわぬのか。……美しき女幹部と共に真の悪に立ち向かう。良いのではないか良いのではないか！」

髭を激しく揺らめかせていた田の神がふいにヒレをわたしに向けると、すっと、自分の体が軽くなる。

服と髪が乾いたのだ、と気づいた時にはその水分は空中でボール状になっていた。

田の神はそれを明後日の方へ放り投げると、びしい！　とヒレをわたしたちに突きつけてきた。

「よおし、悪の女幹部とその式神よ。そなたらを我の仲間と認めよう！」

「は？」

「うむ、カラーはそなたがぱーぷる、我が盟友はぶらっくがよかろう。我が赤でちいと釣り合いは悪いがかまわん。共にヘドロどもからしょっぴんぐもーるを守ろうではないか！」

めちゃくちゃ悦に入っている田の神に、なに言ってるんだろうこいつと思った。

というかナギが盟友に格上げされてるし……。

だけど「ヘドロども」という単語にはっと本題を思い出した。

「もしかして、そのヘドロどもが瘴気の原因？」

「そうだ。秩序を保っておった我が知行地に、あのヘドロどもがやってきおって、モール内を侵略し始めたのだ!!」

田の神は悔しげにびたん、と噴水の縁をヒレで叩いた。

「我はこのモールを隔離、知行地を守らんと戦ったが、この祠と広場以外はきゃつらに侵略されてもうた。最盛期の我であれば、あのような雑魚の進入など許さなかったというのに……」

その言葉になるほどと思った。

田の神の祠があって守っていたから、この広場だけ瘴気がなくて、現世にも瘴気が漏れていなかったのだ。顔をしかめていた田の神だったけど、一転して気力に満ちた表情になる。

「だが、おぬしたちがいれば百人力だ！　これであのヘドロどもに目に物を食わせてやるぞい！さあ、ぱーぷる、ぶらっくよ共に戦おうぞ！」

「え、いや、ええと……」

何でそういうことになってるの!?

ちっちゃな目玉にめらめらと炎を燃やす田の神に迫られて腰が引ける。

ぞわりと背筋をはい上る悪寒。

「くうっ、きゃつらが来おったか！」

忌々しげな田の神の声にショッピングモールの方を振り返れば、地面からあふれ出す黒いもの。水よりも粘度が高く波打つそれは、ゆっくりと盛り上がると、いくつものいびつな人型になった。

『ヨコ……セ……、田ヲ……ヨコ……セ……』

そして、きしむような耳障りな声を発しながら、体を引きずるようにしてこちらに向かって進んできたのだ。

つるりとした頭に目玉が一つ。そして指が三本だけついた両腕をさまよわせる人型の全身からは濃い瘴気が漂っていた。

奴らが通った後には黒い泥の筋が残り、大地に瘴気をしみ込ませて穢れさせていく。

「こいつが瘴気の元凶!?」

「いかにも、泥田坊から落ちた禍霊だ！　全く、すでにあやつらの田畑はないというのに、誰かが無理矢理目覚めさせてこのざまよ！」

苦々しげに言った田の神がヒレを一閃すれば、噴水池から大量の水が浮かび上がった。

「『流水刃破《りゅうすいじんは》』っ。ゆけ、穢れどもを一掃せよ！」

田の神の号令に応えるように生み出された水の刃が泥田坊たちに襲いかかった。

水の刃に貫かれた泥人形は片っ端から体をくずして泥に戻っていく。

だけど、その後からも次々に泥から人型が起き上がり、行軍を開始する。

『ヨ……コセ、田ヲ……田ヲ……』

同じことしか言わず、ただひたすらこちらに向かって歩いてくるだけの泥田坊の集団は、ゾンビ映画みたいで不気味だ。

泥田坊たちが歩くそばに生えていた草木は、しゅうしゅうと音を立ててしおれていく。

さわったらただではすまなそうな感じだった。

これを田の神はずっと相手にしていたのか。

田の神は一つ舌打ちをすると、水の刃をまとめて自分の手元に戻す。

泥で濁った水の刃は、戻ってきたとたんに形を崩して地面に広がった。

「くう、やつらの泥で穢れた水は捨てねばならぬのが痛い。無尽蔵にあるわけではないのに、こやつらはいくらでも湧きおってきりがない！」

「ほかに本体みたいなのがいるってこと？」

「うむ、こやつらを倒しても手応えはとんと感じぬゆえ親玉がいるに違いないが、我はこの場から離れられん。だが、この場さえ守れば負けはせぬ！　さあ、ぱーぷるよ、あの凶暴なハリセンさばきで蹴散らしてくれ！」

一言多い田の神にいらっときている間にも、泥田坊たちはじりじりと包囲網を狭めてくる。

「どうする、ぬしよ」

「そんなの……！」

わりと絶体絶命の状態にもかかわらず、ナギにのんきに問いかけられたわたしは、田の神が取りこぼした泥田坊の群に向かって走りつつ答えた。

「加勢するに決まっているでしょ!!」

田の神はまだ戦意を失っていないし元気だけど、ここを守れば大丈夫という言葉は、もうここしか守れないほど、田の神は劣勢になっているということでもあるのだ。

妖怪上がりの神様だから、土地を奪われてもきっと消滅するわけじゃない。

土地を捨てて逃げ出したっていいだろうに、この神様は誰にも顧みられなくても、踏みとどまって守っていたのだ。

だいぶ正義感がおかしいし、スケベだし、話聞かないヒーロー厨だけど。土地を、人を守ろうとしてくれていた神様だ。それに少しでも応じる人がいたって良いじゃないか！

「やあああああ!!」

ハリセンを振りかぶったわたしは、泥田坊たちに向けて横薙ぎに一閃した。

わたしに手を伸ばしてきた泥田坊は、ハリセンの燐光にふれた瞬間、体を崩して塵に変わって吹っ飛んでいった。

結果、わたしを中心に、広場が半円状にぽっかりと空く。

あれ、こんなに強力だったっけ？

「おおすごいの、ぱーぷるよ！　それでこそ我が見込んだ女幹部!!」

田の神がはしゃぐのにも突っ込めないほど驚いていると、背後にふわりとナギが立った。

「ぬしよ。そういえば先も、田の神をいぶり出すようなのもやっておったの」

「や、あれはとっさのことで……」

こうやってのんきに話していて大丈夫かと思うけど、泥田坊は半円の中には入ってこられないらしく、半円の外でうぞうぞしていた。

それがわかっているのかわたしを見下ろすナギは、のんびりとした雰囲気で口角を上げる。

その微笑がなんだか嬉しそうで戸惑ったのだけど、今はそれどころじゃない。

こいつらの本体を探して、倒すことが先決だ。

「田の神様、わたし、こいつらの本体を倒してきます！　居場所わかりますか？」

「ぱーぷるよ、やってくれるのか!!」

なんだか目元を潤ませた田の神は、ぱっとヒレで指し示す。

「だいたいあっちじゃ！　出現して以降、悪が動いた気配はないっ。……頼んだぞ、ぱーぷる、ぶらっく！」

「その呼び方やめて欲しいですが頼まれました！」

と言ったは良いものの、泥田坊は広場を囲んでいて抜け出せそうなところはない。

どうしようか考える暇もなく、地面を這うようにやってきた水に足を取られた。

「ひゃっ」

しりもちをついたと思ったら大きな水の固まりで、わたしを乗せたまま地面から離れる。

まさか……

「途中まで我が送ろうぞ！」

「え、ちょっとまっ……!?」

「我の正義が燃える限り、禍霊なぞに屈しはせぬ！」

暑苦しい田の神が大量の水弾を展開し始めるのと同時に、わたしの乗った水弾がぐんと加速して体全体に力が掛かったかと思うと、ものすごい勢いで空を飛んでいく。

「ひいいいいやああああああ！！！」

そうして泥田坊の包囲網の上を越えて、田の神が指さした東棟へ突っ込んでいったのだった。


飛び込んだのは、東棟二階にある外回廊だった。

「いったた……」

水である程度和らいだものの、勢いよく廊下を転がったわたしは、打ち付けたお尻をさすりながら立ち上がった。

すでに田の神の領域を離れているようで、あたりには至るところに瘴気がはびこり、穢れた泥の跡が這っている。

一応田の神も気を遣ってくれたのか、水浸しにはならなかったけど、もうちょっとやり方を考えて欲しかった。

「ぬしよ、大丈夫かの」

「大丈夫よ。それよりも、親玉の居場所わかる?」

当然のようにそばにいるナギに問いかけると、

「うむ、それなら良い方法があるぞ。ぬしが田の神を探したのと同じことをやればよい」

「や、でも」

あのときはどうやったか全然覚えていないと躊躇したのだけど、ナギはあっけらかんといったものだ。

「一度出来たことだ、安心せい」

「……簡単に言ってくれるわね」

仕方なくわたしは、こつりとハリセンの先を床に打ち付け、目を閉じる。

真っ暗な視界の中で、ふいにナギの声だけが響いた。

「意識を剣の先に集中し、一番大きな瘴気の気配をたどるのだ」

ここで、一番大きな瘴気の気配をたどる……。

すると瞼の裏、ううん、意識の奥にある感覚が、あのときと同じように蜘蛛の巣のように広がっていく。

うねるような力の流れの間には塗りつぶすような異質な気配が複数あった。

ショッピングモール内や、広場を取り囲む小さな穢れが泥田坊だろう。

そして、わたしのいる東棟の一点にひときわ禍々しい気配が一つ。

「……見つけた、このモールの端の方。屋上だと思う」

「よし、ではゆくか」

自分でもまさか本当に出来ると思わなくて、驚きつつまぶたを開けると、ナギは当然といった雰囲気ですでに行動を始めていた。

「ここから入れるぞ」

なんか釈然としないものを感じつつも、壁を探っていたナギに手招きされて近づいてみれば、本当に何の変哲もないただの壁だ。

だけど、わたしがその壁に手をついてみれば水面のように波打ってすり抜けた。

ここは隠世だ。道らしい道が道とは限らず、通れないところが通れる。

そこにすむ妖や高位の術者でなければ、隠世で安全に進める道を知ることは出来ない。

もちろんどこが通れる道かわからないわたしは、ナギのおかげで迷わないで済んでいた。

……まあ、こうしてナギに手伝ってもらうために、メイド服で、ナギ監修のメイド講座を受けた挙句、スカートを摘みつつ「お願いいたします旦那様」なんて言わなきゃいけなかったのは、浄衣を着始めた初期のころだったか。くすん。

ナギが見つけた通路から一歩モール内に入れば、むせかえるような瘴気と多くの泥田坊がうごめいていた。

泥田坊が通ることで壁と言わず床と言わず至るところに泥がまき散らされ、悪臭を放っている。

商品やディスプレイも所々泥田坊によって壊されたらしく、現世からは想像出来ないほど廃墟めいた様相になっていた。

これだけ侵食されていれば、現世に影響が漏れ出るのも当たり前だ、と思いつつ、わたしはこちらに気づいて襲いかかってくる泥田坊にハリセンを構えた。

「ナギ、最短距離でよろしく！」

「あいわかった」

泥田坊たちを蹴散らしながら、ナギの先導で奥へ進み始めた。

お店に飛び込むと従業員通路につながっていたり、倉庫の中を突っ切ると食料売場に紛れ込んでいたり。

その道中には大量の泥田坊たちが待ちかまえていたけれど、全部ハリセンや蹴りで文字通り蹴散らした。

「どうやら相手も必死のようだの。空間をいじって阻んでおる」

「全部薙ぎ倒すわ！」

「おう、気合い十分だの。ではこの壁を壊すが良い」

「こうっ!?」

ナギが指し示した壁に、思い切りハリセンを叩きつけると、ゼリーにでも突っ込んだみたいに柔らかい感触が返ってきて、空間すべてがゆがむ。

波紋のようなゆらぎが落ち着けば、そこは屋上駐車場だった。

広々とした駐車場の中心には、絶対に見逃さないほど大きな泥田坊がいた。

大きさは見上げるほど、たぶんビル四階分くらいか。でっかい。

身じろぎするたびに、体からぼたぼたと悪臭を放つ泥が地面に落ち、じゅっという音をさせて瘴気をまき散らす。

当たったらわりとだめな感じだった。

わたしはじっとりと背中に冷や汗を感じながらも、ハリセンをぎゅっと握りしめる。

「泥田坊ならぬ親田坊とでも言うか。では、ボス戦だの」

『オォォォ……!!』

ナギの声が聞こえた瞬間、ナギ命名親田坊は咆哮を上げると、わたしたちに向けて泥の手を大きく伸ばしてきた。

大振りのそれを飛び上がることで避ければ、びちゃりと音を立てて泥が一帯に跳ね上がる。

泥が広がった地面に着地すると、ブーツの裏からじゅわりと音がした。

ちらりと視線をやれば、そこだけただの泥に戻っている。

浄衣の浄化作用には敵わないのだ。

だからわたしはかまわず、振りかぶったハリセンをその泥の腕に向けて叩きつけた。

泥の腕は、じゅうと焼けるような激しい音と共に、ハリセンを中心に清浄な光が広がり、ただの乾いた土になってぼろぼろと崩れた。

『オオォォ……!』

明らかに苦痛の咆哮をあげる親田坊が腕を引っ込めるのを追って走れば、もう一方の腕が薙ぎ払うように襲ってくる。

軽く跳躍し、その腕に乗って本体へ向けて走る。

「やあああ!!」

ブーツで踏んだ跡も浄化されて足跡が残っていくのを感じながら、一気に本体まで駆け抜けて、その頭に全力でハリセンを振り下ろした。

濃密な気とあふれるほどの浄化の光が広がり、頭部が吹き飛んだ。

また苦痛の咆哮が響きわたる。

地面に着地しかけた瞬間、親田坊の三本指の手のひらに薙ぎ払われた。

とっさにハリセンを挟み、同じ方向へ飛ぶことで勢いを殺したけど、屋上入り口の建物まで弾き飛ばされる。

何で、と見れば、親田坊の頭だった部分が沸き立ち、ぼこりとあらたな頭が現れていた。

その一つ目が敵意を持ってわたしを見る。

ぞくりと寒気を感じつつ、体勢を立て直して、建物の壁に着地してワンクッション。

地面に降りたったわたしは、ハリセンを構え直した。

ハリセンが効いていないのかと一瞬動揺したけど、よく見れば頭分くらい体が一回り小さくなっている。

「だったら、なくなるまで叩くまでよ！」

もう一度気合いを入れ直して、わたしはまた親田坊に向けてハリセンを振りかぶったのだった。

閑話　田の神の場合

田の神は噴水の水を浮き上がらせ、また泥田坊の群を弾き飛ばす。

本来の名前はあるが、それは自分だけが知っていればいい。

すでに守護する土地が田園ではないから田の神ではないのだが、この名称がなじみがあって使い続けていた。

叶うならば正義の味方、と呼んで欲しいものだが、現世に顕現する余力はないため、知らしめることは出来ない。

以前であれば、毎年のように祭りを催され、現世で自由に振る舞えたものだが、今では人工の石によって形作られた大きな建物の片隅に小さな祠があるのみだ。

だが田の神は、それを悲しいとは思わない。

人の営みは時代と共に変わるものであるし、なにより人は代わりに新たなものを次々と生み出す。

でなければ、田の神はネンブツジャーという運命と出会うことも出来なかったのだ。

平穏に日々を過ごしていた田の神であったが、突如現れた泥田坊共の侵攻によって脅かされるようになった。

じりじりと知行地を削り取られていく日々の中、現れた紫と黒の二人組は、はじめは不幸なすれ違いで敵対した。

美しく愛らしい外見を蠱惑《こわく》的な衣装に身を包んだ女は、田の神の攻撃をものともせず、凶悪なハリセンで徹底的に追いつめてきた。

その様は、衣装とも相まって、田の神がモール内の本屋で何度も読み返し、毎週日曜日に家電売場で何度も見たネンブツジャーの妖艶非情な女幹部「衆合姫」のようで、もはやここまでかと消滅を覚悟したものだ。

だが黒の式神によって誤解が解け、心を通じ合わせたことによって強力な仲間となってくれた。

敵としては恐ろしい相手だが、味方となればこれほど心強い者もいない。

本体を倒すと言い切った彼女の、華奢だが頼もしい背中を思い出すだけで、また力がわき上がってくる。

ネンブツジャーたちの言う通り、仲間がいるだけで強くいられるのだ。

田の神は熱く正義の心を燃えたたせ、神力を用いていくつもの弾を展開した。

「ふははは！　泥田坊共、昨日と同じ我だと思うたら大間違いだ。心強き仲間のためにも、ここは死守するぞ。ゆけ『水乱演舞』!!」

田の神は自らが名付けた技名を叫び、水の弾を全方位に向けて弾き出した。

ドドドドドッ!!　とすさまじい音と共に泥田坊は吹き飛ばされていく。

実際、連日の攻防で消耗しているはずの己の神力が、再び戻ってきているのを感じていた。

あの女幹部の想いが田の神に流れてきているのだと理解していたが、それにしても強い。

まるで、神職に祝詞を上げられた時のように満たされた感覚に、これが仲間の絆であるかと田の神は顔をほころばせた。

「これならゆける、泥田坊共よ、目にもの見せてくれようっ」

みなぎる力のままに、穢れなかった水を自らに引き戻し新たに水を吸い上げて、広場を占拠しようと迫り来る泥田坊共に向けて再び放ち続けた。

そうして、幾度か目の攻撃で、泥田坊を最後の一体まで倒しきった田の神は、久しく感じていなかった壮快な気分を味わった。

取り戻した知行地より付近の気配を探れば、上の方で激しく気がぶつかり合うのを感じた。

あの二人は、未だに本体と戦っているのだろう。

「ふふふ……今加勢に参るぞぱーぷる、ぶらっくよ!!」

泥田坊たちの泥で染まった広場から、女幹部たちを送った二階へ上がろうとした。

だが、己の領域に何の前触れもなく何かが現れた。

「いけませんねえ」

「だれじゃ！」

田の神が再び水を構えて警戒するなか、実に無造作に広場へ踏み入れてきたのは、場違いなほど整った服装をした男だった。

きちんと体に沿うように仕立てられた三つ揃いのスーツに身を包み、ぴかぴかに磨かれた革靴を履いたその男は、あたりを見渡しながら歩いてきた。

「まったく、これだけ時間をかけても掌握出来ないとは。あまり重要ではないとはいえ、不要というわけでもないというのに。やれやれ、馬鹿とはさみは使いようとはいうものの、これほど使えないのは想定外でした。念を入れて様子を見に来て正解でしたね」

「止まれいそこな者！　いかにしてこの地に足を踏み入れるか！」

至って普通の人間に見えるが、この隠世にいる時点で尋常ならざる者であることは明白だ。

だが、ぱーぷるとぶらっくのこともあったため、田の神が念のために詰問すれば、男はいやに優雅に頭を下げた。

「ああ失礼いたしました。今回こちらに伺いましたのは、事情によりこちらの土地が必要になりました故、もらい受けに参った次第でして」

「きさま、やはりこの穢れ共の仲間であったか！」

慇懃な男に対し、激昂した田の神は、瞬時に水をいくつもの水弾に変えた。

「かような道理が通ると思うてかっ。食らうがよい『水乱演舞』!!」

一斉にはなった水の弾幕は、迷うことなく男に向かっていく。

まともに食らった男は水の勢いによってショッピングモールの壁へ叩きつけられる。はずだった。

だが水しぶきが収まると、先程といっさい変わらない姿で男はその場に立っている。

「申し訳ありません、説明不足だったようですね」

「くっ！」

焦りながらも、田の神は再び水弾を放つ。

だが明らかに当たっているはずの水弾すら、痛痒を感じさせるどころか、その服を濡らすこともなく、男は悠然と歩いてくる。

薄ら寒さを感じた田の神は、自身の神力を最大まで練り上げた。

「これでどうじゃ！　奥義！　『昇竜水破《しょうりゅうすいは》』!!」

噴水の水をすべて使って形作った水の竜は、無音の咆哮を上げると、体をうねらせて男へ襲いかかっていった。

男が水竜に頭から呑まれる様に、しとめたと思った田の神だったが、前触れなく目の前に現れた男の顔を唖然と見ることになる。

すさまじい衝撃が田の神の全身を貫いた。

なにが起きたか理解する前に、ぼろ雑巾のように地面を転がる。

自らの祠の前で止まった田の神に、男はゆっくりと近づきつつ言った。

「ご安心を、あなた様には立ち退きを求めることはございませんし、むしろこちらにいらしていただきたいのです」

「なん、だと……」

田の神は立ち上がろうと、ヒレに力を入れようとするが、しびれたように動かない。

落ち着き払った態度の男はスーツの懐から何かを取り出した。

白い手袋につつまれた指先で摘まれた、その黒い玉を見た田の神は総毛立った。

指先で摘めるほどの小さな玉だというのに、そこから漂うすさまじいおぞましさにたじろいだ。

だが、これだけはわかる。あれはこの世にあってはならないものだ。

「なんだ、それは……っ!?」

男の唇が弓なりに弧を描いた瞬間、田の神は腹に衝撃を感じた。

みれば黒い球が握られていた男の手がずぶりとめり込んでいた。

男の手が引き抜かれたとたん、田の神の身のうちに黒くおぞましい物がぞぶりと広がった。

その黒い玉から染み出していたものに急速に浸食されていく。

「ただ〝堕ちて〟いただきたいだけでして」

「我が正義の炎は、屈っしは、せぬ!!」

脂汗をにじませながら、田の神は一矢報いようと男にヒレをのばす。

だがそして、気づく。

男の顔が、認識出来ないことに。

「貴様は、一体……」

無貌の微笑を最後に、田の神の意識は黒に塗りつぶされた。

☆

「でいやあああっ!!」

『オオオォォ……!!』

最後の一発を振り下ろせば、普通の人間サイズになっていた親田坊は、あふれる光と断末魔の叫びと共に消えていった。

あれから、でっかい親田坊をハリセンで何度殴りつけたかわからない。ミニサイズの泥田坊なんかも出てきてモグラ叩きならぬミニ田坊叩きになったときはうんざりしたけれども、とにかく倒しきった。

「どんな……もんよ……」

「おお、見事なたこ殴りであったたな」

感心した風に泥田坊のなれの果てを眺めるナギを、わたしはぎっとにらんだ。

後ろからナギのしまらない声援が聞こえる度に、何度背後に向かってハリセンを振り回したくなったことか。

だけど、わたしの殺意のこもった視線など気づかぬ風でのんきに言った。

「それにしても、わしの浄衣の効力は見事なものだったであろう？　泥汚れも寄せ付けぬ」

「……まあね」

確かに、何度か親田坊の泥攻撃がかすったり、もろに食らったりもしたけど、この悪の女幹部風浄衣は瘴気の混じった泥をするりとはじいたのだ。

肌に付いた物も、謎の力場が発生しているらしくむき出しの腕や腹も綺麗に滑り落ちたのにはびっくりした。

さっき水浸しになったのは、害を及ぼす瘴気が含まれていなかったからだろう。

……ナギの趣味ということも考えられなくはないけど。

これ以上考えても意味がないと思考を打ち切ったわたしは、ハリセンを担いで言った。

「ナギ、田の神様のところへ戻ろう」

わたしは軽くウェーブのかかった髪を背中にはらってきびすを返した。

わたしの髪はまっすぐだから、こんな風に波打っているのが珍しくてちょっと楽しかったりする。

すさまじい悪寒が背筋を這った。

親田坊なんて目じゃない濃密な瘴気の気配に思わず体を抱きしめる。

「な、なに!?」

「どうやら、広場の方向だの」

「え、つまり田の神様の!?」

驚いてナギを見れば、珍しく、わずかに眉をひそめていた。

魔法少女のことを話すとき以外にそんなまじめな顔を見たことがなくて面食らうけど、それどころじゃない。

「早く行こう!」

「……では、ショートカットするか」

言うや否や、ナギはわたしを抱えた。

そう、むき出しのお腹に手を回して、である。

本日三度目の接触でも鳥肌が立った。

「ひうっ!?」

「舌をかまぬようにの」

抗議する間もなくナギと共に体が宙に浮くと、一気に加速した。

速い高い怖いちょっと待ってえええええええ!!

頬に当たる強い風が、さらに内臓がひっくり返るような不安定な感覚をあおる。

支えているのはナギの腕一本という、田の神に投げられたときよりも不安定な体勢に、悲鳴を上げることも出来ずに、ナギの着物にしがみついた。

永遠のような浮遊感はふいに終わった。

「ぬしよ、少々まずいことになっておるようだぞ」

ナギの声と共に感じた空気に濃密に混じる瘴気に、わたしははっと顔を上げた。

親田坊がいなくなったおかげか、なににも阻まれることなく、屋上から中庭へ出ることが出来たらしい。

だけどその中庭広場は先ほどと様相を一変させていた。

広々としていた広場はどろりとした瘴気が一面に立ちこめていて、木々は軒並み朽ち果て、ごぽりと不気味な泡を立たせていた。

上空にいるのに、腐りそうな瘴気がこちらまで漂ってくる。

その中央には、ぼたぼたと、瘴気の穢れをまき散らす、

「田の、神様……？」

その瘴気の海に身を浸しているのは、体が数倍に膨れ上がっていても、凶悪な様相になっていても、そのナマズ顔は、先ほどまで熱く正義を語っていた田の神だった。

「うそ、どうし……きゃあっ!?」

目に映る光景が信じられず呆然としていると、田の神が身をよじって吼《ほ》えた。

『ガアァァ……！！』

びりびりと皮膚がふるえるその声に思わず耳をふさいだ瞬間、体が激しく振り回された。

田の神が体を震わせたことで飛び散った黒い水を、ナギはわたしを抱えたまま次々に避けていく。

その強い引力に耐える中、黒い水が触れた壁がすさまじい音をさせて溶けていくのが見えてぞっとした。

黒い水の飛んでこない建物の陰に降り立ったナギは、中庭の様子をうかがいながら言った。

「なにがあったかは知らぬが、禍神《まがつがみ》に堕ちておるようだの」

「禍神って……！」

わたしは信じられない気持ちで、今も咆哮を上げて瘴気の水をまき散らす田の神様を呆然と見た。

人に祀られ、神となったモノは、その土地や事象を浄化する力を手に入れる。

妖たちが力業で瘴気を吹き飛ばすのとは違い、土地や司る事象限定だけど、多少の穢れならそこにいるだけで寄せ付けないように出来る。

だけどその力にも限界があるわけで。

限度を超えた瘴気に触れるか、あるいは負の感情に呑まれ穢れてしまった神様は禍神に堕ち、その性質を変質させ、瘴気と穢れをまき散らす災厄となってしまうのだ。

禍神のまき散らす瘴気の穢れは、禍霊とは比べものにならない。

隠世からにじみ出す瘴気は大地を穢し枯らせ、人々に疫病をもたらす。

さらに、現世へ現れれば、ショッピングモールはおろか、周辺の町を丸ごと瘴気で呑み込み、天変地異を引き起こすだけでなく、何人も人が死ぬような事件事故をも引き寄せるだろう。

穢れにくいモノである神が一度禍神に堕ちれば、生半可な術者では太刀打ち出来ず、一縷の望みをかけて封印するか多大な犠牲を払って神殺しをするしかない。

たとえ「神殺し」を生業《なりわい》とする水守でさえ、無事ではすまない。

だって、わたしの両親が死んだのは、禍神の討伐が原因だったのだから。

「でもだって、あんなに戦隊ヒーローの真似をして、正義の味方になるって言ってて、そんな穢れの気配も全然……」

「だが、現にあれは瘴気に呑まれておる。呑まれてしまった神は倒すしかないの」

淡々としたナギの言葉に、わたしは総毛立った。

さっきまで話していた、その笑顔ですら鮮明な田の神を滅するのか。

いや、でも、このまま放っておけば、じきに瘴気は現世にあふれ出し、人々に悪影響を及ぼす。

何より田の神が大事に守っていたこのショッピングモールを、田の神自身の手で穢していくのを見ていられなかった。

それに、遅かれ早かれ術者たちが気づいて処理に来るだろう。

なら、わたしが、この場で、引導をわたす？

体から音を立てて血の気が引いていくのがわかった。

出来るのか、神様を殺すなんて。

霊力もない、術者でもない、借り物の力を振るうしか能のないわたしに？

わたしはたまらなくなって、欄干に上って田の神に叫んだ。

「田の神様、目を覚ましてよ！　穢れをまき散らして大事な土地を穢すなんて、まるで悪役じゃない!!　正義の味方になるんじゃないの!?」

『グオオオォォ……！！！』

虚《うろ》のように暗い双眸をこちらに向けた田の神は咆哮をあげると、わたしに向かって突っ込んできた。

寸前で飛んで直撃は避けたものの、飛び散る瘴気の水が袖にかかる。

今まで何物も寄せ付けなかったナギの浄衣が、じゅうと音を立ててわずかに溶けた。

驚く間もなく、田の神の尾ビレが振り回されるのをまともに食らってはじかれた。

その下は瘴気の海だ。

尾ビレの強打に息を詰まらせつつも、とっさに体を丸める。

だけど覚悟していた瘴気も衝撃もなく、ふんわりとした香りに包まれた。

「大事ないか」

頭上から落とされた低い声に顔を上げれば、ナギの赤い双眸に見下ろされていた。

どうやら途中で受け止めてくれたらしい。

ナギが長身だから、平均より小さいわたしはすっぽりと包まれている。

「う、うん……」

とっさに動けないでいると、ナギの少し骨ばった手に腕をとられた。

袖越しだけど、大きい手に柔らかくすっとなぞられたわたしは、妙に胸が騒いで、飛び上がるように離れようとした。

だけど、ナギはわたしの腕をはなさない。

「な、なに⁉」

「服に穴が開いてしもうたの」

わたしの動揺など意に介さず、わずかに眉を顰《ひそ》めたナギは、その穴の開いた部分に指先でふれた。

すると指でなぞられた部分が柔らかい光を発したかと思うと、穴は綺麗にふさがっていった。

本当にこれはナギが作った物なんだな、と今更なことを思い出した。

「あ――」

「む、かわいいに勇猛さをかさねるために、破けたまま補修するというのもありだったの。これはちいと失敗した」

「――りじゃないわよバカナギ!」

大まじめにのたまうナギから乱暴に腕を取り返した。

せっかくお礼を言おうと思ったのに！

「さて、ぬしはここで待っておれ」

むかむかと腹を立てていると、ナギがゆっくりと立ち上がったのをいぶかしく思う。

「どこへ行くの」

「なに、ちいとばかし禍神退治をするだけだ」

あまりにもさりげなく言われたその言葉に、わたしは一瞬反応が遅れた。

さっさと歩いていこうとするナギの袖を慌てて捕まえる。

「や、ちょっとまって」

「安心せい、ぬしを守る約定は果たすでな。ぬしには毛ほども触れさせぬよ」

「何で今更そんなこと言い出すのよ。散々わたしに禍霊退治させてきたくせに！」

「これは、ちがうであろう?」

ナギのあっさりした返事に、わたしは言葉を詰まらせた。

そう、禍神は別格なのだ。

今まで相手にしてきた禍霊とは比べものにならない。

本来なら、何十人もの術者が集まって、緻密に作戦を立てて準備をし、ようやく倒せるか否かという相手だ。

式神の力を借りて、かろうじて退魔が出来るわたしなんかじゃかなうわけがない。

でも、それはナギだって一緒だろう。

瘴気を祓えるし、現世と隠世を自由に行き来出来ても、戦うところをほとんど見たことがない。

わたしを守るという契約を果たすためなら、本来の力を使えるのかもしれないけど、禍神を相手にするなんて無謀だ。

それに――……

わたしのこわばった顔からなにを読みとったのか、ナギは悠然と唇の端を上げた。

「なあに、案ずることはない」

言いながら、ナギは突っ込んだ建物から起きあがろうとしている田の神へ片手のひらを向けた。

瞬間、肌がひりつくほどの濃密な気の高まりが世界を支配する。

禍々しいような、神々しいような強さと混沌が入り混じった力に、息を呑んだ。

「――わしは、超強い式神だからの」

その圧倒的な圧力が、田の神へ向けて放出された。

風圧すら作り出すそれに瘴気の海が左右に分かれ、一瞬地面がのぞく。

空間すらゆがめるそれに、寸前で気づいたらしい田の神が身をひねったが、逃げ損ねた尾の一部が消し飛んだ。

耳をふさぎたくなるような咆哮があたりをつんざいた。

「ふむ、今の状態では一度でというのは無理か。やはり直接しとめねばならぬようだの。――だからぬしよ、袖をはなしてくれぬか」

田の神の巨体が背後でのたうち回る中、あれだけのことをしたにもかかわらず、疲れた様子も見せないナギがいつもと変わらない調子で言う。

いつの間にかへたり込んでいたわたしは、どうしたいのかわからず、ナギの着物の袖を握ったまままただ左右に首を振った。

言いたいことが山ほどあるはずなのに、全く声に出てこない。

なんだ、あれ。制限されているんじゃなかったの。あんな神様をあっさりと傷つけられるような圧倒的な力を、なんでただの式神が持っているの？

いつの間にか、自分の体が震えていた。

なにが怖いんだろう。瘴気の海に囲まれていること？

すぐそばに禍神がいる絶体絶命の状況？　初めてかいま見たナギの力？

ううん、ちがう。

ナギが、当たり前のように他者を傷つけられる、殺すことが出来るという、わかっていたはずのことを再認識してしまったからだ。

「ぬしよ。怖いのなら目をつむっておれ、さほどかからずに終わるでな」

それがわかったのか、ナギの低い寂《さび》のある声は甘いほどやさしくて、胸の奥がぎゅうっと引き絞られた。

怖いと思ってしまったことをとがめずに、これから起きることを見なかった振りをして良いと許してくれる。その毒のような優しさに、何も考えずすべてをゆだねてしまいたくなる。

この袖を離せば簡単だ。離すだけで、ナギは全部解決してくれる。

なのに、わたしは震える指にさらに力を込めてナギの袖を握りしめていた。

「離したら、ナギは田の神様を殺しに行くんでしょ」

「ぬしを守る、という約定を果たす必要があるからの」

「……嫌、なの」

かすれるほど小さな声で言えば、ナギは赤の双眸で不思議そうに見下ろしてきた。

「人も、妖も、神様だって生きてるんだよ。仕方がないことでも、ナギにとっては特別なことじゃなくても、わたしはナギが殺すのを見たくない。なにかが死ぬのを、見たくないの」

あんな力を操れるナギなら本当に、わたしに瘴気すら近づけずに、田の神を倒すことが出来るのだろう。

だけど、短い間でも、あんなに通じ合っているように見えたのに、ほんの数十分で殺し合わなきゃいけないのがたまらなく嫌で、それが当たり前のように出来るナギを見たくなかったのだ。

「とは言うもののなあ。ほかにぬしを守る方法もないしのう」

困った顔をするナギに、頭をあやすようになでられた。

髪を柔らかく梳《す》いていく感触が、わかってくれと言われているようで、いたたまれなくなった。

わたしが場違いなことを言っているのもわかっている。

それなのにナギの、怒らずにあきらめるまで待ってくれている優しさが情けなくて、無力な自分が痛いほど悔しかった。

何でもいい、なにかないの。このまんまじゃ嫌だよ。

すがるように辺りを見回して、今更気づく。

わたしたちがいるのは、田の神の祠の前だった。

古びた祠と、朱の落ち着いた鳥居の周りだけ清浄ささえ感じる空気で満たされていて、鳥居の向こうで瘴気の黒が淀んでいるのが見えた。

明らかにこの周囲だけ瘴気から隔離されている。

「ねえ、瘴気が来ないけど、ナギが結界を張ったの？」

「いいや、わしはなにもしておらぬ。ぬしを抱えて飛び込んだときからこうであったよ」

「じゃあ、何で」

言ってから、わたしはその可能性に思い至った。ほんのわずかな、砂粒のような光明。

「もしかして、田の神様はまだ禍神に堕ちきってない？」

ここは田の神の祠だ。完全に瘴気に呑まれ、禍神に堕ちたのであれば、祠は真っ先に穢れて、瘴気のあふれる場になっているはずだ。

「堕ちきっておらんかったとして何かあるかの」

あきらめろ、と言われているのはわかっている。

それが簡単だと理解もしている。

でも、わたしには一つあるじゃないか。唯一出来る、ばかげた方法が。

「田の神様を、正気に戻す」

赤の双眸が、大きく見開かれた。

ナギがそんなに驚くのも珍しいな、と思いつつわたしは震えかける足にぐっと力を入れて立ち上がり、ハリセンの柄を強く握りしめた。

「さっき、田の神様と目が合ったとき、禍神の闇色の中に一瞬だけ苦しんでいる田の神様が見えた気がしたの。まだ意識がある今なら、元に戻せるかもしれない」

建物に突っ込んだ時の田の神は、そのまま建物を破壊するように体をくねらせていたけど、それは苦しみにのたうち回っているようにも見えた。

「このハリセンは、瘴気だけを、祓うことが出来るでしょ。なら、田の神様の意識が一瞬でも戻れば、瘴気だけ祓って、殺さずにすむ、よね？」

すがるように問いかければ、ナギは渋面を浮かべていた。

「確かにその剣は、瘴気を祓うことは出来よう。だが意識が生きていたとしても、瘴気に侵され切っていれば、ぬし自身が田の神を殺すことになるぞ。それにわしの浄衣とて万能ではない。かような危険を冒さずとも――」

「それでもあきらめたくないの!!」

自分でもわかる、悲鳴のような声だった。

脳裏によぎるのは姉の背を見送ったあの日の記憶だった。

札一つ使えないわたしは、姉が妖や禍霊の討伐へ行くのを見送るしかなかった。

いつも帰ってくるか怖くて、姉の傷が増えていくのが苦しくて、でも笑顔で帰ってくる姉の姿にほっとした。

あの日もそうやって送り出そうとした。でも、その日だけは形容出来ない強烈な不安に襲われて、怖くなったわたしは、はじめて駄々をこねたのだ。

けれど行かせちゃいけないって思っていたのに、無事で帰ってくるという姉の言葉を信じ込んで握っていた服から手を離してしまった。

討伐自体は成功したらしいけど、その妖討伐に参加した術者の半数が死に、帰ってきた姉も重傷で、瘴気と怪我のせいで何週間も寝たきりで過ごした。

血まみれの姉がぐったりと横たわるのを、ただ見ていることしか出来なかった。

大人たちに引き連れられていった姉を、引き止めることは出来なかったと今ならわかる。

でも、引き止めきれずに手を離してしまったこと、見送ることしか出来なかったのを何度も後悔して、何も出来ない自分に絶望した。

田の神とは今日だけ、それもたった数時間のつきあいだ。出会いも最悪だった。

でも、言葉を交わしてしまった、悪い奴じゃないって知ってしまった。

自分が死ぬかもしれない、というのは怖い。自分の手で殺してしまうのも怖い。

それでも。

「何にも出来ないで、見ているだけは、もう、いや」

こらえきれない涙が頬を伝った。

今のわたしはきっと、ものすごくみっともない顔をしているだろう。

それでもナギの赤い双眸を見つめて、懇願した。

「お願い。ナギ、助けてよ」

わたしはわがままだ。せっかく解決してくれるというのを無下にして、難しいことをやろうとしているのだから。

無言の時間はとても長く感じられたけど、ほんの数瞬だったのだろう。

長い指が伸びてきて、目尻にたまった滴を拭われた。

「……仕方ないの」

どこかあきらめたようなその言葉に安堵を感じる前に、面食らう。

ナギのまなざしが柔らかくて、ほんの少し切なげで、そう、まるで何かを懐かしんでいるような雰囲気ですこし戸惑った。

だけど次の瞬間、唇の端をつり上げてにんやりと笑ったのだ。

その華やかで蠱惑的でたくらむような微笑に、例のごとく、めちゃくちゃ嫌な予感がした。

「なれば、ぬしの心意気に応えて、必殺技を授けよう」

「ひ、必殺技？」

「うむ、剣《つるぎ》の力を最大限に引き出すための特別な術だ。強力ゆえに、消耗も激しい危険な技だが、今のぬしなら使うことが出来よう」

「どう、使えばいいの」

恐る恐る問いかければ、人差し指を一本立てたナギは厳かに語った。

「ここぞと言うときに、剣を天に向かって掲げてな、こう唱えるのだ。

『天つ剣の力を持ちてすべての禍事《まがごと》を祓ぎ祓い浄め賜うことをかしこみかしこみもうす　ヘブン☆ウイング　クリーンアップ！』とな」

「ちょっと待て!!」

後ろで、建物が壊されるすさまじい音がして、祠の神域が縮んでいってまずいことはわかるけど、それでも聞き捨てちゃだめなことがある！

「なんだ？　ポイントは響きわたるほど大きな声で叫ぶこと、ヘブン☆ウイングの『☆』もきらめかせることだぞ」

「ここまでずっとまじめだったのに今更ふざけないでよっ。前半祝詞っぽいのに急にカタカナってどういうこと!?　ていうか星をきらめかせるなんて無茶すぎるでしょ!!」

「大まじめだぞ。魔法少女には必殺技が必要だとぬしのために何日も徹夜して考え抜いた力作だ！」

「そんな恥ずかしいセリフ大まじめに考えるな！　そんなの絶対嫌!!」

熱を込めるナギに、怒鳴ったわたしだったが、また神域が縮むのを感じた。

この神域が田の神の意識を表しているのなら、もうほとんど猶予はない。

「あのような禍神を倒すのならば、今のままでは無理なのはぬしもわかっておろう？　ぬしがやるにせよ、やらないにせよ、危険と判断すればわしはあれを滅するぞ」

ひんやりといわれて、焦りと羞恥で頭がごっちゃになる。

でも、あんな恥ずかしいセリフを大声で叫ぶなんて、心が全力で拒否していた。ていうか、大事な何かが減る気がした。

「まあ、それはぬしが最後に決めればよい。

今のままでは、あの田の神を正気に戻すことは難しかろうて、策をもう一つ授けよう」

打って変わってひどく楽しそうなナギが、したり顔で説明し始めたそれに、わたしはたちまち顔に血が上り、口をぱくぱくと開けることしか出来なかった。

☆

いつの間にかのたうち回るのをやめた田の神は、ある一点に向かって体当たりを繰り返していた。

ゆっくりと体勢を立て直し、全霊を以てショッピングモールの西棟の壁へ突っ込んでいく。

ナギによると、その方向に現世につながる道があるのだそうだ。

建物ががらがらと崩れ、瘴気の水がかかったところは溶けだしていく。

そのたびに、嫌な臭気があたりに立ちこめた。

削れたはずの尾の部分は、淀んだ瘴気に覆われて修復されているように見える。

傷が治っているというのは良いことのはずだけど、この場合はそれだけ瘴気となじんでいるということだから、歓迎すべきことじゃない。

そんな中わたしは、ありとあらゆる物をこらえながら、ナギにつれてきてもらった屋上の縁に一歩足を踏み出した。

こつりと、かかとの音が高らかに響く。

「ヒールの音は大事なのだ」と、謎技術で響かせているらしい。

そのこだわりは訳がわからないと思いつつ、わたしは、緊張やその他諸々で爆発しそうになっている心臓を無理矢理押し込めて、眼下に見える田の神の巨体を見下ろ……じゃなくて、見下した。

「お、おほほほほほ！　抹香臭いにおいがすると思えば、忌々しいネンブツジャーではありませんの。今日も堅物に念仏を唱えていらっしゃるのかしら」

人生で初めて高笑いを上げて、髪の毛をぞろりと背中に払い、腰に片手を置いた。

「ぬしよ、もうちいと色っぽくな、腰をくいっとひねるのだ。あと棒読みをなんとかせい」

すかさず入る演技指導に羞恥がぶりかえしてきて、思わず背後を振り返った。

「う、うるさいっ。色っぽくなんていきなり言われてもわからないわよ！　これが限界なのよ！」

素に戻って怒鳴ったのだが、こちらを振り向いた田の神から瘴気の水が飛ばされてきた。

慌てて縁に沿って走ることで避ける間に、次のセリフを思い出す。

ええと、次は――……

「次は、微笑みながら小馬鹿にして、魅力的に罵るのだ。衆合姫《しゅうごうひめ》はその色香で人々を堕落させ、堕落した者を己の下僕にして罵るのが趣味の、絶世の美女幹部だからの」

小馬鹿にして笑って罵ってそれでも魅力的ってどんな女なのよおおお！！！

田の神を正気に戻すために提案されたのは、田の神が何より大事にしていたネンブツジャーの記憶を刺激することだった。

正義正義、と言っていた田の神様だから、きっと禍神に堕ちるのも不本意のはずだ、と思いたい。瘴気に抵抗する気力を取り戻してもらうためにも、それ自体は何となくうなずけるものがあった。けど……

『お誂《あつら》え向きに、ネンブツジャーには衆合姫という女幹部がおる。その色香で修行僧や、時には仏までも堕落させるほどの絶世の美女でな。ネンブツジャーもかなり苦戦した相手なのだ。眠っておっても現世のヒーローショーに気づいた田の神であれば、飛び起きないわけがない。幸いにも意匠の参考にしたのは衆合姫ゆえ外見は問題なし。ぬしは衆合姫になりきって、田の神の正義の心を刺激するのだ』

ナギは自信ありげに言ったけど、その衆合姫とやらが問題だった。

なりきるために突貫で教えてもらった仕草やら口調が、今まで遭遇したことも想像したこともないような破廉恥さで、とてもじゃないけど受け入れがたいものだったのだ。

というか、ところかまわず相手を誘惑するとか、挨拶代わりに腕絡めて胸を押し付けるとかどう考えても痴女の振る舞いでしょ!?

でも、ハリセンで殴りまくる以外に方法が思いつかないわたしには、これしかすがる物がないわけで。

ええいもうここまでさせておいて、効かなかったら殴り飛ばしてやる！

内心でナギに罵詈雑言を並べ立てつつ、何とかにっこりとわたし的に色っぽく笑ってみる。

ああもうひきつっているのが自分でもわかるし、顔から火が出そうだ。

「びたびたのたうち回ってどこの魚野郎ですの？　ネンブツジャーに生臭坊主がいるなんて知らなかったわ」

慣れない言い回しは舌をかみそうだったし、ぶっちゃけこんなことを言わなきゃならないなんて自分で舌かみたい。

なるべく軽やかに、余裕は崩さず、悠然としていなきゃいけないのだ。

衆合姫は衆合地獄をモデルにしたキャラクターらしい。

衆合地獄と言えば罪人の男を惑わして、剣の葉っぱが付いた木を上らせる美女がいる地獄だ。だから姦淫、邪淫つまりそっち方面では百戦錬磨のイケイケ美女としてキャラ設定されているのだという。

ネンブツジャーにも全力お色気で迫ってあと一歩のところまで行ったたって……朝の七時に放送して大丈夫だったのだろうかと現実逃避ぎみに心配になる。

それでも、やるしかないのだ。

わたしは飛んでくる瘴気の水を避け、時にはハリセンで祓い、とぎれたのをねらって鼻で笑ってみせる。

「正義のネンブツジャーが、わたくしたち地獄鬼帝国の侵略に協力してくれるとは、ありがたすぎて笑いが止まらないわ！　わたくしが直接手を下さずとも、ネンブツジャー自らがショッピングモールを壊してくれるんですもの。おほほほほほほ！」

悲しいほど慣れてきた高笑いを上げれば、一瞬田の神の動きが止まった。

もしかして、聞こえているの？

「ぬしよ、ここで決めゼリフだ」

ナギの声に、ぐっと顔に熱が集まったけど、我慢した。

いまのわたしは衆合姫だ。罵って笑って男をお、お色気で虜《とりこ》にする！

すっと中腰になったわたしが膝に手をつけば、自然と胸の谷間が強調される。

そのまま髪をかき上げて、あでやかに微笑してみせた。

「後で、わたくしとイイことして遊びましょう？」

だけど、一拍二拍とたっても、こちらを向いた田の神から何のリアクションもない。

じわじわとこみ上げてくる熱で、顔が燃えるように熱くなる。

ぷるぷると震えながら固まっていれば、ぽんと、慰めるようにナギに肩を叩かれた。

瞬間、羞恥と怒りと理不尽さとその他ごたまぜになった感情が爆発した。

「ここまでやらせといて無反応ってなによ！　勝手に瘴気に呑まれて暴れ回って！　知行地を自分で穢すなんて情けないったらありゃしないわ！　あんた正義の味方になるんでしょ!?　根性見せなさいよ田の神様！」

衆合姫の口調もなにもいっさいかなぐり捨てたけどかまうもんか！

今までの鬱憤を全部怒鳴り散らして、ぜえはあと荒く息をつく。

足下から地鳴りが響いてきた。

まだ何かあるのかととっさに腰を落として警戒すれば、その発生源は見てわかるほど体を震わせる田の神だった。

『オオ……我ノ……正義ハ、屈サヌ……ウオオオォォォッッ！！！』

空間をびりびりと震わせる咆哮をあげた田の神は、尾ビレを振り回して暴れだした。

「まさか、ほんに正気が残っていようとはな」

意外そうな顔をしたナギの声を聞きながら、わたしはこみ上げる安堵をおさえて、飛んでくる瘴気の水を避けつつ、田の神をみる。

暴れ出した田の神がしきりに腹の辺りをヒレで殴り、建物に叩きつけていた。

よく見てみれば、腹の辺りにこの距離でも肌がざわつくような濃く禍々しい気配が凝《こご》っている。

視界に入れることすらおぞましいそれに、それが禍神になりかけている原因だと、直感的に理解した。

「ナギっあれ！」

また飛んできた瘴気の水を避けながら声をあげれば、ナギにも見えたようだ。

「あれをどうにかせねばなるまいの」

ナギは、わたしの背をとんと叩く。

触れられた場所から中心に、あふれ出した淡い燐光に全身を包まれた。

広がった暖かい温もりに思わず吐息をつくと、そのまま耳元でささやかれた。

「浄衣を強化したが、長くは持たぬぞ」

「ありがとう！　行ってくる！」

助走をつけたわたしは瘴気の海へ飛んだ。

ブーツの裏が瘴気の水に触れると、ぱっと光が散って力場が生まれる。

わたしはその光の足跡を引き連れて、暴れる田の神へ走った。

『グルオオォォォ!!』

のたうつ田の神の周囲に、大量の水弾が形作られたとたん、わたしに向かって飛んでくる。

力が暴走しているのだ。

降り注ぐ水弾を、身を捻ることで避けたが、しぶきが腕や足の服を溶かし、むき出しになった肌にまで達する。

じゅっと焼けるような痛みを歯を食いしばって耐えて、足に力を込めて飛んだ。

「祓い賜え　浄め賜え!!」

宙に浮いたわたしは、田の神の腹に見える濃い淀みに思いっきりハリセンを叩きつけた。

燐光を帯びたハリセンは、だけど濃い淀みに触れたとたんバチンッと拒絶するようにはじかれた。

その勢いに押されて体勢を崩したわたしは、振り回される田の神の髭に吹き飛ばされる。

瘴気の海の上を二、三度転がったあと、何とか体を起こしたけど、動揺が収まらない。

初めて瘴気にハリセンの浄化作用が効かなかった。

暴れていた田の神は、のろのろと西棟へ向かうと、また体当たりを始めようとする。

そのとき、田の神の動きが不透明な壁に阻まれたように止まった。

「田の神はここからしばらく出られんぞ」

結界を張り終えて帰ってきたナギが、ゆるく微笑んで言った。

「やはり、必殺技が必要なようだの」

そのしたり顔に、とっさに否定したくなる感情をぐっと抑え込んだ。

嫌な汗が背筋をつたう。

理屈じゃないのだ。あれを言わなきゃいけないと考えるだけで、頬が熱くなる。

でも、普通の攻撃じゃ効かない。それなら、でも……！

わたしは若干涙目になるのを自覚しつつ、愉快げなナギの顔をぎんっとにらんでから、再び走り出した。

「モーションも忘れずにのー！」

よけいな一言が遅れてやってくるのに、ぎりりと唇をかみしめつつ、目の前だけに集中する。

田の神はナギの結界に体当たりするのをやめて、瘴気の水を浴びせかけていた。

瘴気がふれる度に結界がゆがみ、わずかにひびが入っていく。

腹に見えている凝りの範囲が、さっきよりも広がっているのが見えて不安になる。

でも、田の神を信じるのだ。

走っているだけではない理由で心臓が飛び跳ねている。

恥ずかしい、恥ずかしい、恥ずかしい。

ああもうほんと泣きたい。これでダメだったら全力でしばき倒してやるんだから！

唇をかみしめてハリセンを握りなおしたわたしは、高く跳躍した瞬間、ハリセンを頭上に振り上げた。

「天つ剣の力を持ちてすべての禍事《まがごと》を禊ぎ祓い浄め賜うことをかしこみかしこみもうす!!」

ろんと、柄に下げられた鈴が鳴り、ハリセンの刀身から光がこぼれ始める。

ここまでは、散々唱え慣れた文言に似ているから何の不都合もない。

だけどその次は……

ためらっているうちに、ハリセンの光に惹かれたか、田の神がこちらを向いて大量の瘴気の水を飛ばしてきた。

身をひねろうにも避けようがない。

わたしは羞恥心とか尊厳とか常識とかその他諸々を投げ捨てて、破れかぶれに全力で叫んだ。

「ヘブン☆ウイング　クリーンアップ!!」

瞬間、ハリセンから光があふれ出し、瘴気の水を消し飛ばした。

あたりを焼き尽くすような強烈な光は、だけど視界を遮ったりしなかった。

わたしは砕けた西棟を足場に再び飛び上がり、のけぞる田の神へ迫る。

風圧で髪が激しくもてあそばれる。

そして、このあふれる光の中でも濃密に主張する淀みへ、全身全霊を込めてハリセンを振り下ろした。

冴えた浄化の光ははじかれず、おぞましい淀みを塗り替え、田の神の中へ踏み込んだ。

激しく大気の渦巻く中、ぞぶりとあふれ出す穢れは、ハリセンの光で片っ端から祓い清められていくけど、まだ瘴気の方が強い。

でも負けたくない！　絶対助けるんだ！

「戻れえええええぇぇぇ！！！」

全身全霊を込めてハリセンを押し込んでいけば、ふいにこつんと、硬い物に当たる。

それが砕けた瞬間、浄化の光が爆発的に広がった。

強烈な光の中で、田の神からあふれていた瘴気がみる間に正常な大気に浄められていく。

そうして、最後の一片まで払われ、ぱっと光が散ってハリセンから光が消えると、田の神の巨体は消えていた。


どうやらあの浄化の光の余波で、瘴気の海も消えたらしい。

枯れた木々や、壊れた建物は戻らないものの、あたりを清浄な大気が満たしていく。

広場に降り立ったわたしが終わった実感がわかずに呆然としていると、視界の端でうごくものが見えた。

はっと萎えかける気力を奮い起こして近づけば、元通りの大きさと姿をした田の神だった。

「田の神様、生きてる!?」

「……う、うむ……」

おっくうそうにだけど、返事をした田の神に、わたしはその場にへたり込んだ。

「よかったあ……」

生きていた。全部消し飛ばしてしまったりはしなかった。

どっと安堵が押し寄せてきて、思わず顔がほころんだ。

目尻ににじむ涙を拭っていると、田の神はやっとという具合で身を起こした。

「我の、正義は不滅だぞ」

田の神らしい言葉に、わたしは笑ってしまう。

「もうそれで良いわよ、あなたがあきらめないでくれたから助けられたわけだし」

「我もそなたの熱き絆があったで、我を失わずにすんだぞ」

「田の神様……」

「さらに褒美までもろうて、我の正義は報われた」

また涙ぐんでいると、田の神がわたしの姿をしみじみとガン見するのに面食らって、自分の姿を見下ろし、かっと頬が熱くなった。

悪の女幹部だという浄衣は、瘴気の水のしぶきを浴びたことで所々溶けて穴があいていた。

上着はかろうじて肩に引っかかっている程度、ブーツも穴あきで、ショートパンツやインナーはきわどいところまで裂けている。

ちょっとでも動いたらまずい感じになっていた。

「……ッ!?」

こみ上げてくる羞恥心にとっさに胸を隠したけれど、それだけでは全部隠しようがない。

ひ、ひゃショートパンツが付け根まで裂けてるし!?

ぐへぐへする田の神の視線を感じて涙目になる。

突然、ふんわり香の香りがしたかと思うと、頭に何かがかぶせられた。

視界が完全に遮られてあわあわしていると「へぶっ!?」となにやら悲鳴が聞こえた。

一体なにが起こってるの!?

ようやく頭を出すと、かぶせられていたのはナギの羽織だった。

羽織の裏地には赤い炎みたいなところを何匹もの大蛇が躍動していて、さすがナギだけあって凝っているなと思ったけど、今はどうでもいい。

とっさに体に巻き付けて顔を上げれば、倒れている田の神と、その傍らに立っているナギがいた。

「田の神様どうしたの!?」

「ああ、ちぃと疲れたようで、眠ったぞ」

さらりと言われて、釈然としないまでも納得したけど、なんで急に羽織を?

「チラリズムはよいものだが、さすがにそれは忍びないでな……」

妙に優しいまなざしでわたしのぼろぼろ浄衣を見下ろすナギに、何かがぷつんと切れた。

羽織を肩にひっかけたままゆらりと立ち上がったわたしは、一歩二歩とナギに近づく。

「どうした、ぬしよ?」

その秀麗な顔を、殺意を持ってにらみ上げたわたしは、ぎりと右拳を固めた。

「それなら最初っから着せるなあああっ!!」

全力で振り抜いた拳はねらい違《たが》わず、ナギの腹に吸い込まれていったのだった。

☆

じゅうじゅうと何かが焼ける良いにおいで、目が覚めた。

「ん……？」

「おおう、起きたかの」

ナギののんきな声を聴いて、眠る直前の記憶がよみがえる。

ナギに渾身の一撃を入れたは良いものの、現世に戻って浄衣が元の服に戻ると、体も意識もふらついた。

終電の時間はとっくに過ぎていて、恥ずかしがる余裕もなくナギに抱えられて夜空を飛んで帰ることになった。

「そう、無理せずともよかろうに」

「自分で、着替えるのっ……」

それでも、家に帰ればあきれるナギを追い出して、強烈な眠気に耐えながら、寝巻に自分で着替えることだけは譲らなかった。

おっくうな体を動かして服を脱ぎ、最後の力を振り絞って浴衣をはおり、帯を締めようとしたあたりで、ぶつりと記憶がとぎれている。

そこまで思いだしたわたしが、掛け布団をはいで自分の着ている物を確かめれば、浴衣は着たものと変わらずに、結び目の位置も変わっていない。

なんとか尊厳を守れたらしいと、小さく拳を握った。

そういえば、体はだるいし、節々も痛むけど動けないほどじゃない。

布団から起きあがって壁掛け時計を見れば朝七時半だった。

浄衣を着た後は早くとも翌日の十時ごろまで起きられなかったのに、今回は超優秀ではないだろうか。

これが成長の証かなと嬉しくなりながら、うーんとのびをして、あれと思った。

日曜七時半ならネンブツジャーが終わる時刻だけど、その後の魔法少女までナギは欠かさず見るはずなのに、テレビは沈黙していた。

「ナギ、今日はテレビを見なくていいの？」

いや、特段見て欲しいわけではないけれど。

「ああ、もう終わったでの、問題ない」

終わった？　番組が？

頭に疑問符を浮かべていれば、もはや定番となってしまったおさんどん姿のナギが、脇に寄せていたちゃぶ台に朝ご飯を次々並べ出した。

さっき焼いていたのはソーセージとオムレツだったらしい。

パリッと焼き目が付けられたソーセージに、黄金色のお月様みたいに整ったオムレツはほこほこ湯気が立っている。

添えられたサラダの緑が彩を添えていて、綺麗に焼き目を付けられたトーストに、急にお腹が空いてきて、ごくりとつばを飲み込んだ。

わたしが浄衣を着て禍霊祓いをしてへばるたびに、ナギはかいがいしく世話を焼いてくるようになったので、それ自体はおかしくないんだけど。

ついでにお弁当の包みまでおかれたのには面食らった。

「早く食べた方がよいぞ。あれから風呂にも入っておらぬで気持ち悪かろう？」

いつもご飯は絶対にせかさないナギに、そんな風に言われて首を傾げたけれど、ある可能性に思い至る。

ま　さ　か！

恐る恐るスマホを見れば、今日の日付と共に並んでいたのは月曜日。

何度見ても月曜日の朝七時半。

つまり、丸一日以上眠っていたということだ。

「学校に行きたがっておったでの、ぬしを起こすかどうか迷うておったが、その前に自力で起きてくれたでよかったぞ」

ちなみに、いつも家を出るのは七時半。

ぎりぎり始業時間に間に合わせられるのは八時くらいだ。

「？？？！！！」

完全に目が覚めたわたしは、フォークを放り出して風呂場に駆け込んだのだった。

かつてない速さでシャワーをすませて髪を乾かし、朝ご飯を特急でかき込んで家を飛び出す。

今回ばかり三妖もぶっちぎって全速力で走れば、なんとか始業時間前に滑り込むことが出来た。

弓子に連絡をとれなかったことを謝りつつ、ほっとしたらまた急に眠気がきて、気がついたら午前中の授業が終わっていたりして愕然とした。

全然内容を覚えてない……。

「依夜、ずいぶん眠そうだけど、大丈夫？　もしかして体調悪い？」

お昼休みに、弓子に誘われた中庭で心配そうに聞かれて、お弁当を取り出そうとしていたわたしは、言葉に詰まった。

「え、えと、昨日は実家に帰ってて。ちょっと、疲れただけだから」

うそをつかなきゃいけないのが心苦しいけど、本当のことも言えない。

「ああ、だから昨日一日連絡が取れなかったんだ」

「うん、メッセージに返信出来なくてごめんね」

「全然良いよ」

半分うそのまじったわたしの言葉に弓子は納得してくれて、申し訳なさに内心手をあわせつつ、お弁当箱の包みを開ける。

起きたとたんめちゃくちゃお腹が空いていて、お昼ご飯が待ち遠しかったのだ。

ナギはお弁当のほかにも、おにぎりを二つもつけていてくれた。

それだけじゃ足りないだろうと察してくれたことが、複雑だけどもありがたい。

だけどお弁当のふたを開けた瞬間、固まった。

いつものごとくのぞいてきた弓子は、歓声を上げた。

「わーっ今日はデコ弁なんだ！　かわいいー!!」

「あ、うん……」

わたしは顔をひきつらせつつもかろうじて平静を保った。

いつもより一回り大きいお弁当箱の中には、ハムやチーズや卵やいろんな野菜で作られた華やかなお花畑がファンシーに表現されていた。

くっこれだけ作り込んでいるくせに、肉おかずと野菜おかずとバランスよく盛り込まれているあたりが憎たらしい。

しかも――……

「しかもコス娘のキャラ弁にするなんて！　依夜もファンになってくれたんだね!!」

「いや、その……。あはは……」

きらっきら目を輝かせる弓子を前に笑顔でごまかした。

ご飯と海苔で作られた女の子は、デフォルメされているけど脇にハリセンが添えられていることからして、浄衣を着たわたし、弓子の言うコスプレ娘だった。

後で、絶対、ナギに文句言ってやる。

憤然と決意したわたしは、物欲しそうにしていた弓子に女の子の顔を譲り、代わりにサンドイッチをもらった。

さすがに、自分の顔を食べる気にはなれない。

写真をばっちり撮り、嬉しそうに食べ始めた弓子がふと言い出した。

「そういえば、あのショッピングモールで――」

その単語に、おとといの騒動を思い出して、おにぎりをのどに詰まらせかけた。

「わ、依夜大丈夫!?」

「だい、大丈夫……」

慌てる弓子にもらったお茶で流し込みつつ、わたしは動揺する心を静めようと思考を回転させた。

お、落ち着けわたし。ショッピングモールって言っただけで、コス娘について言及されているわけじゃない。

深夜だったから人がいないはずでそもそも隠世の中なわけだから見られているわけがない。

冷静に、冷静に。まずは情報を把握しよう。

「ごめん……」

覚悟を決めたわたしが声を上げようとしたら、弓子にいきなり謝られてきょとんとなった。

顔を上げれば、弓子がひどく申し訳なさそうな顔で沈んでいる。

え、なんで!?

「依夜にとっては嫌なことがあった場所なのに、思い出させるようなこと持ち出してごめん。無神経だった」

「い、いやそういうわけじゃないから」

そうか、お昼のことだったかと若干ほっとしつつ首を横に振る。

傷が癒えたわけではないけれど、その後が濃すぎたからだいぶ吹っ飛んでいるのだ。

もう一月前のことのように思えるけど、実際は二日前なんだよねえ……。

「でも、実家に帰るくらいショックだったんでしょう？　あたしが誘わなければ、あんなことにはならなかったわけだし……」

思わず遠くを眺めたのだけど、弓子が沈んだ表情で言いよどんだのに、はっとした。

あの日の帰り道、弓子はすごく明るくわたしに話しかけてくれていたけど、あの騒ぎにショックを受けていないのだと思って、放心状態の中でもほっとしていたのだ。

でも、そうじゃなくて、わたしを励ますための空元気だったとしたら？

その裏で、わたしを誘ったことでひどい目に遭わせてしまったと、ずっと気にしていたのだとしたら？

それなら今日教室でほかのメンバーとお弁当を囲まずに、中庭に誘ってくれたのも、その話がしたかったからだったのかもしれない。たぶん、間違っていない。

胸の奥からじんわりとむずがゆくて、温かいものがこみ上げてくる。

心配してくれたことが、不謹慎だけどすごく嬉しかった。

でも、わたしが丸一日眠っていたばかりに、弓子はずっと苦しんでいたのだ。

だから喜ぶのは後だ。そうじゃないって、それだけじゃなかったたって伝えたかった。

だけど、なかなか言葉は出てこなくて、気ばかりが焦ってもどかしい。

「買い物の時間は楽しかった、よ？」

やっと言えたのは、ただの感想だった。

ああもう慰める言葉とか、気にしないでとかそういう気の利いた言葉とか言えればいいのに。

口下手さが情けなくなったけど、はっと顔を上げてくれた弓子に、笑みを浮かべてみせる。

言葉で伝えられない代わりに、表情に気持ちを込めるのだ。

「また一緒に、遊びに行こう？」

「依夜ぉっ！」

急に涙ぐんだ弓子に思いっきり抱きつかれて、わたしは目を白黒させた。

「ゆ、弓子ちゃん!?」

「ごめんねぇぇぇっ、ありがとぉぉぉっ！」

弓子にぐずぐず泣かれながらぎゅうぎゅう抱きしめられる。

苦しくはないんだけど、髪が顔に当たってくすぐったくて、花のような香りがした。

だけど、こういう事態は初めてでどうしたらいいかわかんなくておろおろするばかりだ。

手ってどこに置いたらいい？　なんて言葉かけたらいい？

い、一体なにが正解なの!?

「うん、行こうっ。今度はちゃんと楽しいお出かけにしようっ」

でも、涙声で弓子がそう続けたから。

わたしは、恐る恐る弓子の背に回してそっとなでてみた。

そしたらさらにぎゅうっとされてあわあわしたけど、いやではなくて、弓子が泣きやむまでしばらくそうしていたのだった。


泣きやんでちょっと冷静になった弓子と顔を見合わせて照れつつも、すっかり元気でいつも通りの弓子にほっとして、迎えた放課後。

帰り道で我慢出来なくなったわたしは、通行人がいないのを見計らって、いつの間にやら鞄の持ち手に巻き付いていているナギをにらんだ。

「あのキャラ弁は一体なによ」

「うむ、見目よく楽しく食せるようにと工夫した結果だ。かわいかったろう?」

「弓子ちゃんだけだったからよかったものの、あれを教室で開けてたらと思うとぞっとするわ！というか、自分の顔を自分で食べるなんて嫌がらせなの!?」

「おお、ぬしだとわかってくれたか！」

「不覚にもねっ。二度とやらないでよ！」

声をとがらせれば、蛇顔でもわかるほどしょんぼりとされて、妙な罪悪感がわいた。

いやいや、相手はナギである。ここでゆるめて、またあんな恥ずかしいお弁当を持たされたら困るのだ。

「次はらいおんさんやぺんぎんさんもやろうと思っておったのだがのう……」

残念そうに言われて、ちょっと唇の端が動いてしまう。

ナギの腕なら、ライオンもペンギンもさぞやかわいく作るのだろう。

ライオンとペンギンの、キャラ弁かあ……。

ふと下を見ればナギがこちらを見上げていることに気づいて、慌ててゆるんだ表情を引き締めこほんと咳払いをする。

「……お弁当自体は、おいしかったわよ」

「そうか」

「………………きんぎょ」

「うむ？」

不思議そうな声を上げられて、赤らんでいるだろう顔をそらして小さく言った。

「きんぎょもつくってくれるなら、いい」

「あいわかった。かわゆく作ってしんぜよう」

しゅるりと舌を出したナギの生ぬるい視線を、わたしは努めて無視した。

いいじゃないか、だって、ライオンもペンギンもきんぎょもかわいいんだもの。

だけど、わかっていると言わんばかりのナギのにやにやに耐えられなくなって、話柄を変えた。

実際、話したかったことだし。

「ショッピングモールさ。あの後大変だったみたいね」

泣きやんだ弓子に聞いたのは、現世で起こったショッピングモールへの影響だったのだ。

「そうだの。日曜の昼にはニュースとして出回っておったよ」

隠世と現世は全く別の世界のようで、曖昧につながっている。

だから、現世で起きたことが隠世に、隠世で起きたことが現世に影響を及ぼすことは避けて通れない。

ましてやあれだけのことが起きたのだ。影響がないわけがなかった。

発見したのは早朝出勤してきた従業員だったらしい。

ショッピングモール内が一面、乾いた泥まみれになっていた。

とくにひどかったのは、わたしが親田坊と戦った東棟の屋上だったというのだから、おそらく泥田坊の残滓《ざんし》が現世に出てきてしまったのだろう。

ほかにも、中央広場に面した外壁が所々崩れていたり、植えられていた木々や芝生が一夜にして枯れてしまっていたりしたらしい。

それなのに、祠だけは何の被害もなく鎮座していて、謎の怪現象として騒がれているらしかった。

陽南高校の生徒もモールに行く人は多いから、学校内でも話は一気に広まり、弓子の耳にもすぐ入ったようだ。

「あれほどの変動があったというのに、現世への波及がその程度で終わったのは僥倖だろう」

「うん、そうなんだけど……」

商品がだめになった上、復旧作業は今でも続いていると聞くと、とても申し訳ない気分になる。

すると、頭に大きな手が乗った。

「ぬしは最善を尽くしたのだよ」

いつの間にか人型になったナギに、そのままさわりとなでられた。

子供をなだめるような仕草に、ちょっぴりむっとする。

最近よく頭に手を乗せられるけど、こいつはわたしを何歳児と思っているんだろう。

「わかってる。わたしに出来るのはあれだけだった」

むっとしたわたしが乗せられた手を払ってぶっきらぼうに言うと、ナギの赤い瞳が緩く瞬いた。

「どうやらわかっておらぬようだの」

「なにをよ。だって親田坊は消滅させるしかなかった。田の神様を助けられたのは、田の神様自身が抵抗してくれたおかげで、わたしはただその手助けをしただけだった」

わたしは、田の神が祠に戻って眠りについてしまったのを思い出す。

消滅することはなかったけれど、格段に現世へ来られる機会は減ることになった。

ネンブツジャーを楽しめる時間はほとんどなくなるのだろうと思うと、やるせなかった。

借り物の力で退魔をするわたしじゃなくて、本職の術者がいれば、もっと違う結果があったんじゃないかと思うのだ。

「それに、帰りに弓子ちゃんが気に病んで落ち込んでいるのにも気づかなかったし、出来ないことばっかりよ」

本当に、うまく行かないことばかりで自分が嫌になる。

ぎゅっと鞄の持ち手を握りしめていると、あきれたため息が聞こえた。

「ぬしはほんにわがままだのう」

「なっ……！」

なにを言うかと思えば、わたしがわがまま!?

その反発がわかったのだろう、見上げたナギは嫌に綺麗に肩をすくめて見せた。

「そうであろう？　泥田坊共の魂を救い、田の神を元に戻し、弓子の心も安らかにする。神でも無謀な大団円を人の身で求めるのだ。これをわがままと言わずして何と言う」

「でも、あそこにいたのがわたしじゃなければ、もっと違う結果に」

「弓子はともかくの。泥田坊共と田の神に関しては、もしあの場にいたのが術者であれば、魂の一片も残さず消滅させられていただろうよ。それはぬしが一番わかっておるはずだ」

もっともな言葉にぐっと息を詰めれば、ナギはいつも通り飄々《ひょうひょう》と続けた。

「わしも、迷わず田の神を滅しようとしておったであろう？　だが、それを止めたのはぬしだ。田の神を救うことは、あの場にいたぬしにしか出来ぬことだったぞ」

そうして、見下ろしてくる赤い瞳がひどく優しくて。

ふいにこみ上げてきた熱いものを、唇をかみしめてこらえた。

泣きたくなんかない。こんなの気のせいだ。

こんな、セクハラばかりで、変態の、ことあるごとにわたしをからかって遊ぶような式神に。

わたしにしか出来ないことだった、なんて言われて認めてもらえた気になって。

それが嬉しいだなんて、思ってなんかいないのだ。

だけど、こらえるのに必死になっていたせいで、うつむくわたしの手を引いて隣を歩くナギに抗議するのは忘れてしまった。

家に帰るころには目尻の熱さも消えていて、あの夜のことを冷静に思い出すくらいの余裕が出来ていた。

そうして思い返すうちに、ふとわいた疑問。

「結局、田の神様を禍神に落としかけたのはなんだったんだろう」

弁当箱を洗い終えたわたしは、座布団に腰を落ち着けつつつぶやいた。

なにがあったのかを聞く間もなく、田の神は眠りについてしまった。

だけど、言葉の端々から伝わったのは、禍神に堕ちるのは田の神の意志ではなかったことだ。

「さあのう。だが、人も神も妖も、心のもろさは変わらぬ。いつ何時、負に傾き堕ちてもおかしくはないが」

「でも、田の神様の堕ち方は唐突すぎたわ。それに」

「それに?」

早速パソコンをいじるナギが手を止めて促すのに、わたしは自分の濡れた手に視線を落とした。

「田の神様の瘴気の根元を貫いたとき、ハリセンの先に何かが当たった気がしたの。砕いちゃったけど」

「ほう」

「あと、禍神は初めて見たけど、あんな淀みの中心みたいなモノが出来るって聞いたことがない」

言いつつ、少し自信がなくなってくる。

わたしが学んだのは、書物でだけだ。

実戦でしか教えられないことなどは、全く教われなかったから、もしかしたらそういうタイプの禍神もいるのかもしれない。タイプが分けられるのかも知らないくらいだし。

「だが、ぬしはおかしいと思うのだろう？」

ナギに言われて、散々迷った末に、うなずいた。

やっぱり、どうしても田の神が自分で堕ちてしまったとは考えにくいのだ。

「ならば理由は一つだな」

「誰かに、無理矢理堕とされたってこと？」

自分で言って、その仮定の恐ろしさに薄ら寒さを感じる。

禍霊や禍神はなにも生み出さない。堕ちてしまったモノもその周囲にも不幸しかまき散らさない。

それを望んで生み出す誰かがいる。

そこに感じる得体の知れない悪意に、背筋が震えた。

「誰がなんのために……」

「情報が不足しているでな、そこは今考えても詮無きことよ。それになんであれ、ぬしがやることは決まっておろう」

「な、なによ」

思わず聞けば、ナギはしたり顔で言い切った。

「妖や禍霊どもからご近所を守る、覆面退魔稼業だ」

「ちょっと待って、何でそういうことになってるの!?」

今までがなし崩しだっただけで、こっちはいつだってやめる気満々なのだ。何で続ける前提で話してるの!?

「なにを言うか、禍神に落とせるほどの何かがいるならば、禍霊を生み出すのも訳ないということになるぞ」

「いや、そうかもしれないけど」

「禍神を一人で相手取るなどそうは出来ぬものだ。可憐な少女が、かわゆくスカートを翻しながら悪を滅する。まさに世の平和を守る魔法少女、言うなれば『神薙少女《かんなぎしょうじょ》』だな」

「へ、変な名前付けるな!」

それに、あんな騒ぎが二度三度とあってたまるか!

だけどいつもと変わらないナギに、さっきまであった不安が薄らいでしまったのが不本意だ。

「そういえば、さっきからパソコンでなにしてるの」

「うむ、ちぃと布教活動をな」

ちゃぶ台に頬杖をついていたわたしはちょっと顔を上げた。

布教活動?

「弓子が落ち込んでおるのを気にしておっただろう。式神としては主《あるじ》の憂いをはらすためにも一働きしてみようかと」

たまにはまともな気遣いをしてくれるのか、と意外に思いつつほんのり嬉しさがこみ上げる。

どんなことをしているのかなあと、いそいそと近づいて脇から画面を見てみれば、がっと顔に血が上った。

画面は文字制限付きの投稿サイトで、そこにでででんとあげられていたのは嫌に見覚えのありすぎる、悪の女幹部風の浄衣を着たわたしだったのだ。

「いいいいいつどこでどうやって撮ってたのよ⁉」

ほとんど行動も一緒でシャッター音も聞こえなかったし、今回は警戒してスマホも預けていなかったのに！

「ぬしの勇姿を撮らぬとはそれこそ冒瀆というものだ。いざというときのために方法はいくらでも用意しておる」

「そそそれにこのくっついている単語はなに⁉」

「うむ、ハッシュタグのことかの？　ぬしの可憐な姿を愛《め》でたいという者が増えたのでな、布教用に作ったのだ。『神薙少女』の周知もばっちりだぞ」

「認可してないのに変なもの広めるな！」

「特に今回の画像をあげたら、ネンブツジャーファンの大きいお友達から多大な支持をもらっての。ほれ、コメントが止まらぬのだ」

わたしの抗議も華麗にスルーしたナギが表示させたのは、あの悪の女幹部風の、胸ががっつりあいたコスチュームでせくしーぽーずをとる場面だった。

へえ～このときはもうだいぶ服がぼろぼろになってたのね。

それにしてもわたしは、なにをみているのかしら？

もはや目の前の状況が理解出来ずに呆然としていると、ナギはまたマウスでカーソルを動かした。

「それで先ほど、弓子にも伝わるようにコス娘でタグ付けをして再投稿してみたのだ。弓子もこれを見れば元気になるであろう」

タグ付けとか、よくわからない単語があったけど、直感的に理解する。

弓子に、これが、知られようとしている。

すうと引いていた血の気が爆発的に広がって理性がとんだ。

「にゃあああああああ！！！」

「お、次は猫耳にするかの？」

一瞬言語を失ったわたしだったがすぐさま再起動し、とんちんかんなことをのたまうナギの胸ぐらをつかんで激しく揺さぶった。

「なんてことしてくれてるの!?　早く消して今すぐ消して弓子ちゃんが気づく前に!!」

「お、おう？」

わたしの必死の剣幕をさすがにわかってくれたのか、不承不承マウスを取ったナギを監視しながらじりじりと待つ。

と、スマホが鳴ってびくっとした。

まさか……

青ざめながら、手に取って内容を見てみれば、弓子からで。

『新しいコス娘画像ゲットしたー！　神薙少女って言うんだって！　やったー!!』

そんなはしゃぎっぷりが伝わってくる文面に添えられていたわたしのセクシーコス画像に、手遅れだったことを痛いほど理解した。

スマホを片手にがっくりと膝をついたわたしに、ナギは即座に状況を理解したらしい。

「ほれ、弓子は喜んだだろう？」

「喜んだだろう？　じゃないわよバカナギいいいい！！！」

わたしは絶叫をあげつつ、したり顔のナギに座布団を叩きつけたのだった。

……とりあえず、後で弓子にはよかったね、っておくっとこう。

書き下ろし　メイドさんは秘密にしたい

大きく深呼吸をすると、胸元のレースがゆれた。

それでも全く胸の動悸は治まらなかったけどあきらめて、わたしはすい、とたっぷりとした黒いスカートを摘《つま》む。

その拍子に、中に着込んでいるシュミーズがさらりと足に絡む。

黒いストッキング越しのはずなのに、ひんやりとした感触は妙に鮮明で、そわそわと落ち着かない気分がわき上がってくる。

思わず視線を下に向ければ、フリルとレースに彩られた真っ白なエプロンが目に入って、じんわりと顔に熱が上るのがわかった。

「ぬしよ、よそ見はいかぬ。視線を下げるのは膝を軽く折ってからだぞ」

いろいろな衝動を抑えながら顔を上げれば、そこには淡く微笑むナギがいて、だけどズボンに包まれた長い足を組んで無情に言う。

「さあ、もう一度だ」

怒りとか羞恥とかその他諸々な理由で破裂しそうな心臓の音を聞きながら、どうしてこうなった、と、わたしはここまでの成り行きを思い返した。

☆

そう、事の発端は五月に入ってすぐ、ゴールデンウィークの中日に当たる登校日の昼休みのこと。

弓子たちとお弁当を食べている最中に、そばで話していたクラスメイトの男子の会話が耳に飛び込んできたのだ。

「お化け屋敷い？」

「ああ、うちの家の近くにさ、イギリス？　から移築してきたっていう古い洋館があってな。そこが出るって有名なんだよ」

「まさか、そんなのただの眉唾物だろ？」

「信じてないな。あの洋館、買った住人が数ヶ月もしないうちに出ていくことで有名なんだぜ？　しかも住人が言うには」

そこで言葉を区切った男子生徒は、もったいぶって言った。

「女の幽霊が出る、だってよ」

聞き入っていた友人の男子がごくりとつばを飲み込むのに、その男子は続ける。

「なんでもずいぶん昔に勤めたメイドが理不尽な理由で辞めさせられて、それを恨みながら死んだとか、その呪いのせいで当時の主人が自殺したとかがあってよ。最近はもう売り手もあきらめたらしくてほとんど廃墟だよ。何かあると思ってもおかしくないだろ」

「い、いいや、俺は信じないぞ！」

「へえ、なら確かめに行ってみるか。幽霊がいるかいないか」

「良いぞ、行ってやろうじゃないか」

まさに売り言葉に買い言葉なその話が聞こえていたわたしは、ちょっぴり眉をひそめた。

何せ霊が実際に存在することを知っているだけに、興味本位で探しに行くという行為が信じられなかったりする。

ただの浮遊霊だったりしたら、さまよっているだけで害はないけど、万が一たちの悪い自縛霊だったりしたら、呪い殺されたりしてもおかしくないのだ。

取り憑かれずとも瘴気を浴びればそれだけで体調を崩すこともある。

ぶっちゃけ何度もつきまとわれた経験がある身としては、幽霊がいる場所に行ってなにが楽しいのかと思う。

でも、ただの遊びだと思っているところは普通っぽいなあとしみじみしていると、弓子がその男子たちを振り向いていた。

「それあたしも行きたい！」

「は、西山も？」

「いいぜ。ならクラスで肝試し行きたい奴アンケとるか」

「ならあたしやるよ！　何人でも大丈夫？」

「助かるわ、ほんと人気《ひとけ》のない場所だから平気だぜ」

見ている間にとんとん拍子で決まっていく話に呆気にとられていたわたしだけど、早速スマホをいじり始めた弓子に慌てて問いかけた。

「な、何で弓子ちゃん急に。肝試しとか興味あったの？」

「や、あたしだって、肝試しとかばからしいと思うよ」

「ならなんでそんな……」

危ないことを、とは言えずに尻切れトンボになっちゃったけど、弓子はわくわくとした表情で言ったのだ。

「だって、そんなオカルトっぽいところだったら、会えるかもしれないじゃない。コス娘に！」

あわよくばだけどね、と、からから笑いながらスマホに指を滑らせる弓子にわたしは顔がこわばらなかったか自信がなかった。

「最近のコス娘は目撃情報だけで本当かうそかわからなくてさ。でも、気づいたんだ。目撃情報がないのなら探しに行けばいいんじゃないって！　せめてもう一枚くらい画像がほしい！」

コス娘というのは弓子が浄衣を着たわたしに付けた名称だ。

あのゴールデンレトリーバーの禍霊《まがつひ》以降も、何度か和メイド浄衣《じょうえ》を着なければいけなくなっていたのだけど、目撃はされても画像は撮られていなかった。

最近の弓子もそんなに話題にしてはなかったし、きっと忘れてくれるだろうと安心していたのだけど、まだあきらめてなかったんだ……。

とりあえず肝試しなんて、なにもいないことの方が大半だけど、もし本物がいた時を考えれば、止めた方がいいに決まっている。

「ふふふ、充電器もって来ておいてよかったあ。コス娘を押さえるまでは絶対充電切れなんてさせないよ」

けど、なんだか男子たちとは違う方向で燃えている弓子を引き留められる気がしなかった。

でも一人で行かせるのもすごく心配だ。

それなら、せめて。

「あ、依夜はどうする。肝試し、一緒に行く？」

「……い、行く」

弓子の問いにわたしは覚悟を決めてうなずいて、肝試しに参加することになったのだ。

その日の放課後。

いつも一緒にお弁当を食べる凜《りん》ちゃんと真由花《まゆか》ちゃんは興味がなかったり家が遠かったりで不参加だったけど、あの短時間でクラスの四分の一が肝試しに参加していた。

そんなにいるとは思っていなかったわたしは、隠世《かくりよ》を知らない人たちとの温度差に改めて驚いたものだ。

「みんな、おもしろそうなことは大好きだからねえ」

にこにこ笑う弓子はスマホの充電に余念がない。

言い出しっぺの男子生徒、朝永《ともなが》くんが案内してくれたのは小高い山の坂道を上った先にあったお屋敷レベルの洋館だった。

建物は外観から見える限りでは二階建て、視界いっぱいに広がる壁は石造りで、なるほど、イギリスから移築されてきたというのも納得出来る重厚さだ。

しかも住宅地からは雑木林で隔てられているから、これならこっそり肝試しするくらいは訳ないだろう。

敷地を区切る鉄の柵や外壁には蔦《つた》がびっしりとからみつき、周囲の鬱蒼とした森の中に建っていることも相まって、確かにそれっぽい。

その概観から漂うおどろおどろしい雰囲気に、たどり着いたときにはみんな声を失っていたほどだったけど、わたしはそれ以上に青くなっていたと思う。

「依夜、大丈夫？　すごく顔青いけど、無理してない？」

「だいじょうぶ……」

弓子が心配そうに声をかけてくれたのにかろうじてそう返す。

うん、だって、がっつり本物だとは思わなかったんだ。

わーばっちり隠世の気配が漂ってるよ、何かいるよ、もしかしたら隠世につながっていたりもするんじゃない？

屋敷から漂うおぞ気にも似た怪しい気配にほんの少し気を遠くしたけど、このままみんなを入れたらまずいのは明白だ。

おもにわたしが和メイド浄衣を着なくちゃいけない状況になるかもしれないことが！

どうやら柵の一部が壊れているらしく、そこから入れるということでみんなが移動する中、あえて最後尾になったわたしは、ひっそりと鞄に呼びかけた。

「ナギ、ナギ」

「なに用かの？　ぬしよ」

すい、と鞄の取っ手にからみつくように出てきたナギにわたしは声を潜めて訴えた。

「あの洋館へ先に行って危険じゃないか調べてきて」

「ふむ。確かにちと面妖な気配がするが」

屋敷を見るように鎌首をもたげたナギは、すうっと溶けたかと思うとあっという間に絶世の美貌の人型に変じた。

思わずのけぞるわたしに、着流しの袖に手を突っ込んだナギは、ちょっと思案するように瞼を伏せる。

「だがぬしの守護という大事な役割があるでのう」

「今からあそこに入らなきゃいけないの。そうしたら結局危ない目に遭うかもしれないんだから、後でも先でも一緒でしょ？」

このままナギのペースに乗せられたら和メイド服の二の舞だ！　と思ったわたしが先んじて言えば、ナギは愉快そうに口角を上げた。

「今回はぬしのうまい口に乗せられようかの。ではちと待っておれ」

　そうしてすうと、体を透き通らせるように先に屋敷に向かったナギを見送ったわたしはほっと息をついた。

　すごい見逃された感があるけれど、素直に行ってくれて助かった。

　あとはちょっと時間を稼ぐだけだ。

　……稼げるかな。

「依夜、こっちだよー」

「今行く！」

　頭をフル回転させながら、弓子に呼ばれたわたしも、気合いを入れて柵をくぐったのだった。

☆

　屋敷の正面玄関はしっかり施錠されているけれど、裏口の鍵は壊れているらしく、うまくすれば入れるらしい。

　とりあえず、屋敷の周りを一周してみたあと、裏口から屋敷に入って、そこであらかじめ決めておいた班で一階と二階をそれぞれ探検してみることになった。

　わたしと弓子は二階組だ。

　もし幽霊やそれに似たものを見つけたら、スマホ経由でグループ会話に書き込むことになっていた。

夕暮れも近い中、所々雨戸が閉められた屋敷内はかなり暗い。

ほかの二階組の男子とわたしたちはスマホをライト代わりにして長い廊下をゆっくり進んでいた。

完全に洋式の造りらしく裏口には下駄箱もなく、土と埃で汚れた板張りの廊下は足を踏み出すたびにぎしり、ぎしりと、きしむ音を立てた。

「うわあ、中は一層雰囲気があるね。湿っぽいというか、かび臭いし、ちょっと寒いね」

「そうだね」

こわごわと進行方向にスマホをかざす弓子に返事をしながら、わたしは感覚を研ぎ澄ませていた。

妖気は全部の方向から漂ってきていて、どこになにがいるかまではわからない。

全くナギはなにしているんだろう、せっかく庭を回って時間を稼いだのに、帰ってくる気配すらない。

や、でも、もしかしたら、危険な妖《あやかし》を遠ざけてくれているのかもしれないし。

すこしもやもやしたものを感じつつも、前を歩く男子が早速目に付いたドアを開けて室内に入って行った。

と思ったら野太い悲鳴が上がった。

弓子と一緒に走り込めば、真っ青な顔をした男子、松本《まつもと》くんが壁の一点を指さす。

「い、いたぞ！　ゆ、幽霊!!」

弓子がスマホのライトをすべらせると、一瞬、人の顔のようなものがぼうっと浮かび上がった。

「ひっ」

「大丈夫、ちがうよ」

息を呑んで涙目になる弓子に、わたしは自分のスマホライト（弓子にやり方を教えてもらったのだ）を丁寧にかざした。

「ほら、ただの壁のシミが顔に見えるだけだよ。雨漏りしていたみたいだね」

わたしが照らした部分を、恐る恐る見た三人は安堵のため息をついた。

「な、なんだ。そっか」

「おどろかせんなよ、松本」

「す、すまん」

照れる松本くんたちと部屋全体を見回した後、廊下に出ようとしたとき、ぴし、ぎしと何かがきしむ音が響いた。

「ちょ、ちょっと待てよ、これポルターガイストじゃ……」

青ざめる男子たちに、耳を済ませたわたしは教えてあげた。

「風が吹いて雨戸が揺れてる音だと思うよ。廊下に面した窓は、開いているところ多かったし」

「お、おう……」

「さ、行こう。日が暮れたらたぶんなんにも見えなくなっちゃうから――って、どうかした？」

「い、いや何でも」

なぜか呆気にとられたような顔をする男子たちにわたしは首を傾げつつ、探索を続けた。

何度か男子たちが驚く場面があったけど、妖じゃないことにほっとしつつ、最後の扉を開けた。

そこは今までの部屋よりずっと広々とした部屋だった。

ここだけ雨戸が閉められていなくて少し明るい。

壊れた家具や汚れて朽ちかけてしまっている壁紙は、それでも上等そうで、この屋敷の主《あるじ》が使っていた部屋なのかもしれない。

続き部屋をあけてみれば、シーツや天蓋もそのままの姿で残ったベッドが堂々と鎮座していた。

「うわあ、かなり汚いけど、本物の天蓋ベッドなんてはじめてみた。ちょっと寒いけど」

弓子の感心した声を聞きながら、わたしが濃く漂う隠世の気配に身をこわばらせる。

この濃密な気配、いつ隠世につながっても不思議じゃない。

それにしても全然ナギが戻ってこないな。もうほとんどの部屋を見ちゃったのに。

「そういえば、依夜、案外平気？」

「えっ？」

目をまたたかせて振り向けば、驚いたような感心したような弓子がこそこそと内緒話するみたいに顔を近づけてきた。

「男子なんて完全に怖じ気付いちゃってこっちの部屋には入ってこないんだよ？　だけど依夜は全然動じないし、ほかの部屋でもすごい冷静に見破っちゃってたからこういう方向に詳しいのかなって」

「た、たまたまだよ」

だって見えないし感じないのに幽霊がいるわけがないから、自然と原因を見つける方向に意識が行くだけなのだ。

「え、そうなの、もしかして……」

もしかして見えるってばれた!?

「や、何にもないから——ふぁ!?」

慌てて手を振って後ずさったら体勢を崩し、背後のベッドに背中からダイブした。

ぼふんっと大量の埃とかび臭さが宙を舞った。

「げほっげほっ！　依夜、大丈夫？」

「ごほっな、何とか……」

げほげほと二人でせき込みつつ、白い煙のような埃が収まってから、わたしはそっと体を起こす。

「ごめん、や、もしかして幽霊とか信じてない？　って聞こうとしただけだったんだよ」

「そ、そうだったの」

早とちりしてしまったのをちょっぴり気恥ずかしく思いつつ、手を貸してもらって立ち上がったわたしはふと、乱れてしまったベッドシーツが目に入った。

埃まみれだったとはいえ、一分の隙もなく伸ばされていたシーツを見ていただけにちょっと罪悪感がわく。

「どうしたの、依夜」

「ちょっと直そうと思って。すぐ終わるから」

埃が舞い散らないようにそっとシーツを引いて、寄ってしまったしわをてきぱきのばしていく。

まあ、水守《みなもり》の家で手伝っていたのは儀式場を整えるための浄布を引く作業だったけど、そうは変わらない。

数分もたたずに元通りになったベッドシーツに満足すると、天蓋のドレープの隙間に、何か天蓋の布以外のものが挟まっているのに気づいた。

スカーフ、ううん。ハンカチかな？

摘んで引き出してみると、案の定ハンカチで、暗くて色まではよくわからないけど、絹の軽い手触りでそこそこ良いものなのではないかと思う。

短く着信音が鳴った。

振り返れば、弓子がスマホの画面を確認していた。

「一階組も見終わったみたいね。合流しよっか」

「うん」

わたしはそのハンカチを元に戻してから、弓子と一緒に扉をくぐろうとする。

『……ないで』

淡く儚い悲しみに満ちた声が、響く。

はっと振り返るのと、部屋の外へ一歩踏み出すのが同時だった。

瞬間、立ちくらみのような感覚がわたしを襲ってきて、視界がゆがんだ。

冷たいような温かいような濃密な隠世の気配に呑み込まれる。

「弓っ……」

とっさに目の前の弓子に手を伸ばしかけて慌てて引っ込めた。

だめだ、このままじゃ巻き込んじゃう！

直後に弓子の背が消え、世界が反転して。

その場に崩れ落ちたわたしの視界に、綺麗な絨毯が目に入った。場所も違う。

歩くたびに足跡がついてしまうほど積もった埃はなく、ぴかぴかに掃除が行き届いている。

「どうかしましたか。旦那様がお待ちですよ」

頭上から声をかけられて顔をあげれば、見下ろしていたのは老年にさしかかった女性だった。

こんな人いなかったのもそうだけど、くるぶしまでありそうな暗い色のロングワンピースに白いエプロンを身につけていた。

極め付きにきっちり引っ詰めた髪を白い布のようなもの、確かボンネットとかいうものに包んでいて、とても時代がかった服装だ。

「え」

「田舎から出たばかりとはいえ、もっとしゃんとしなさい。そのような調子ではここのメイドはつとまりませんよ」

「す、すみません！」

わたしが急いで立ち上がると、その女性はいらいらとした感じでため息をついた。

あ、いやな感じだ。水守の用人たちを思い出す。

「先にこれだけは言っておきますが、旦那様を見ても驚かないように」

「はい」

こういうときはおとなしく返事をするに限るとうなずけば、あきれたように息をつかれた。

「返事だけはいいこと」

そうしてその女性の背中について廊下を進みながら、わたしは目まぐるしく頭を回転させていた。

落ち着けわたし。

漂う気配からしてここは隠世の中だ。この女性が何なのかはわからないけど、状況がわからない以上とりあえずしたがっておくに限る。

やがて女性は見覚えのある扉の前で止まって、ノックした。

「松《まつ》です。旦那様、新しい家女中《ハウスメイド》を連れて参りました」

女性、松さんは扉の向こうから了承の声が聞こえてすぐ、扉を開けてわたしに中に入るように顔で示す。

室内も調度品も綺麗になっていたけど、予想通りさっきまで弓子たちと探索していた書斎で、中央の窓際に置かれた机の向こうには人が座っていた。

「旦那様、こちらが今日からうちに入りました家女中《ハウスメイド》のお蜜《みつ》です」

スカートを摘んで軽くお辞儀をした松さんだったが、わたしが立ったままなのに怒りの表情を浮かべた。

「これ、お蜜！　挨拶は教えたでしょう！」

いや、わたしはお蜜さんじゃないのだけれども。

驚きすぎて言葉を失っているわたしの前で、その旦那様とやらは手を振った。

「しからなくてよいぞ、お松楽にしてくれ」

「ですが……」

「かまわん、君も下がって良い」

そう言った奴が椅子から立ち上がった拍子に、首筋でくくった黒髪がさらりと流れた。

どこか時代がかったスーツを優雅に着たナギは、革靴をならしてわたしのそばまで歩いてくると、赤い瞳をいたずらっぽく細めて微笑した。

「ようこそ我が屋敷へ、ぬしよ」


松さん――どうやらここの女中頭《ハウスキーパー》らしい、が下がった後ナギを質問責めにしたのは当然だと思う。

「――つまり、やっぱりここは隠世で、昔の旦那様とやらがいた時代が再現されていて、ナギはこの旦那様に間違われているのね」

「間違われている、というよりは、役をあてがわれているというのが正しいかの」

「役？」

「うむ、わしはこの屋敷に足を踏み入れてすぐこの隠世に捕らわれての。以降、同じ時間を繰り返しておるのだよ。ぬしが来るまで幾度か同じ時間を巡ったが、わしがどのような行動をとっても、この屋敷の人間は同じ言動を繰り返すぞ」

「どうしてすぐに出てこなかったの？」

「無理に破るのはたやすいが、ぬしが屋敷の中にいることは知っていたでな、どう影響が出るかわからぬで控えておったのだ」

ひょうひょうと言うナギにわたしはむすっと膝の上で拳を握る。

ナギが悠々とソファでくつろぐ姿は勝手知ったる感じで、それなりに長い間過ごしていたのがよくわかって、それが自分のためだと思うとなんか据わりが悪いような居心地の悪さを感じた。

「あと、リアルメイドさんを見られるとは思わなかったでな、つい楽しんでしもうた」

「やっぱり遊んでたのか！」

けど、その一言で台無しだった。

突っ込んだわたしに、優雅に足を組むナギはふと片眉を上げた。

「どうした、ぬしよ、目が泳いでおるぞ」

「……なんでもない」

さりげなく視線をそらしたつもりだったけど、ナギが愉快そうに笑むのが気配でわかった。

「わしの洋装が珍しいかの？」

「そりゃあ、いつもと違うんだから当たり前じゃない」

そう、長身のナギがかっちりスーツみたいなのを着ると、珍しいくせになんか妙に似合っていて、なんだか落ち着かないのだ。

「旦那様とやらは、明るい髪に青の瞳の異国の人間だったようでのう。クロゼットの中にあるものは全部このような服なのだよ」

「それであんたが着ることないじゃない」

「メイドさんに世話されるなら紳士の服装でなければ雰囲気が出ないでな、着替えたのだ」

どれだけメイドさんにこだわりがあるのよ。

「そ、それよりもこれからどうするの？　弓子ちゃんと別れちゃったから早く合流しないと」

「うむ、照れるとはかわいいのうぬしよ」

「う、うるさい！」

にやにやするナギに我慢出来なくなって声を荒らげれば、ようやく答えてくれた。

「この隠世を操る何者かは、記憶の道筋を変えたがっているようだ。記憶を変えたとて、過去を変えられるわけでもなし、大して意味はなかろうにのう」

そのさめた物言いに、少し、胸の底がひんやりした気がした。よくわからないけど、何かがもやもやしていると、ナギは続けた。

「まあ過ぎたことだ。偶然にもぬしがわしのところに来たで安全は確保出来るでな。このまま隠世を壊すぞ」

すっと立ち上がったナギに、抜け出す方法を考えていたわたしはびっくりした。

「ちょ、ちょっと待ってよ、そんなことしたらここにいる妖は！」

「まあ、無理に破るのだから、最悪消滅するであろうが別にかまわぬであろう？　ここは時間の流れがちがうで、ぐずぐずしておったら弓子を心配させてしまうぞ」

言いつつ、ナギがさっさと手をかざそうとするのを止める。

「無理矢理破らなくてもこの隠世を作ってる妖が満足すれば解放してくれるんじゃない？」

「そうであろうが、壊す方が早いぞ？」

「あの松さんがわたしのことを『お蜜』って呼んだってことはわたしに蜜さんの役があてがわれてるんでしょ？　それをふまえれば、ここで全部の記憶をみていたあんたなら、妖がなにを変えたいかすぐわかるんじゃない？」

「ふむ、確かに見当はついておるが、そこまで気をつこうてやる必要があるかの。見ず知らずの妖だぞ」

その問いにひるんだわたしだったけど。

「隠世に引きずり込まれる前に、声が聞こえたの。たぶん『行かないで』って。それがあんまりにも寂しそうだったから」

動機としては弱いかもしれない。

けれど、あの声が耳に残っていて、何となく放っておけないのだ。

「ほんにお人好しだのう」

あきれた声にちょっとむっとするけど、ナギは唇の端をつり上げてにんやりと笑っていた。

「では、ぬしよ、わしが手伝う代わりに、お願い、聞いてくれるかの？」

やっぱりそう来るか。

しょうがないと無理矢理覚悟を決めたわたしだったけど、ナギが言い出した「お願い」の内容に絶句したのだった。

ろん。

☆

室内に銀鈴の音が鳴り響き、わたしはあふれる光に包まれた。

暖かな光は体中を滑り、その光が散ったのを瞼の裏に感じて目を開ける。

例のごとく大きな姿鏡を出したナギは満足そうに笑っていた。

「うむやはりクラシカルメイドさんはかわゆいのう」

鏡に映っているのは、ふくらはぎ半ばまであるような裾の長い黒のワンピースに真っ白なエプロンを身につけたわたしだった。

メイド、と言うだけあって黒のワンピースには装飾はほとんどない。

だけど、肩のあたりはまあるくふくらんでいるし、スカートは中のパニエでひかえめだけどふんわりしているし、白いエプロンは汚すのが怖いくらいにレースやフリルがふんだんに使われていて、身じろぎするたびにひらひらと揺れる。

正直こんなにスカートがたっぷりしていてまともに働けるのかと思ったけど、綺麗にまとめられた髪がメイドキャップに入れ込まれている姿は、悲しいくらいにしっくり来ていた。

別にいいさ。使用人根性は水守で叩き込まれてたんだから、しょうがない。

……それに、ちょっとかわいいかもとか。思わなくも、ないし。

「あえてワンピースをシンプルにすることでな、エプロンの甘やかさを引き立たせてみたのだ。メイドキャップの禁欲的さとの相乗効果で侵しがたいまでの清純さと愛らしさを……」

だけど嬉しそうなナギの視線にこみ上げてくる羞恥心までは抑えきれなかった。

「ごたくは良いから！　とっととやるわよ」

「ほう、そのような口を利いて良いのかの」

洋装のナギに意味深な表情で見おろされたわたしは、ぐっと息を詰めた。

我慢だ、我慢だ。

「さあ、ぬしよ。言葉と所作は教えた通りだぞ？」

書斎机に行儀悪く腰掛けて足を組むナギは実に様になっていた。

まさに命令し慣れているというか、世話をされ慣れているようで本当にしっくりくる。

そんなナギをわたしは上目遣いでにらんだ。

「本当に、やったら今回だけじゃなくてこれからも手伝ってくれるのね」

「うそはつかん。ただし、わしが満足するかわゆいおねだりを頼むぞ」

ナギが出した条件は文字面としてはごく簡単だ。

言葉と態度でお願いするってことなんだから。

だけど、そのお願いの仕方をメイドさん風にしてくれってどういうことよ!?

さっきまでだってどういうメイドさんが良いかさんざん語られた上、所作の指導までされたのだ。

その情熱が全く理解出来なかったけど、こんな事態に巻き込まれた時に協力してくれると言うなら羞恥心をこらえてやる価値はある、気はする。

その期待に満ちた表情に殺意を覚えつつも、わたしはすい、と背筋を伸ばして、スカートをちょっと摘んだ。

こう、こみ上げてくる気恥ずかしさに視線が泳いだりして何度かリテイクを食らったけど、今回は耐え、膝を少し折って、瞼をわずかに伏せる。

で、も、文言！

「お、お願いいたします、旦那様。お力をお貸しくださいませ」

恥ずかしすぎて声が震えた。

け、けど言い切ったぞ！　どんなものだと顔を上げる、と。

空間が揺らぎ、いきなり照明を落としたようにあたりが暗くなった。

でも室内は頭上につり下がっているシャンデリアの暖かな光がともって視界には困らない。

つまり、いきなり夜になったのだ。

突然のことにそのままの姿勢のまま固まっていると、いつの間にか元の黒の着流し姿に戻っていたナギが満足そうに親指を立てていた。

「良いメイドさんっぷりであったぞ、ぬしよ！」

「それほめ言葉に聞こえないわよ！」

叫ぶわたしを気にした風もなく、ナギはしみじみと言った。

「やはりお蜜と旦那様のやりとりが肝だったようだな。実はの、この二人恋仲であったのだ」

「こ、恋仲!?」

「うむ、今までわしがみた限りだが、間違いなかろう。お蜜はこの屋敷に入った後、異人が苦手なほかのメイドたちに代わって旦那様の世話をしておったのだよ。そこでまあ、普通に接する娘に旦那様が惚れて、お蜜がほだされたのだろうな。よくある話よ」

思わず顔が赤くなるわたしに、ナギは顎に手を当てながら続けた。

「周囲に悟られて糾弾されたか、お蜜自身に何かあったか。お蜜が旦那様に何も言わずに屋敷から出て行く時点で時が巻き戻っておったでの。〝助けを求める〟で何かが変わると思うたのだよ」

言いつつナギは、廊下へ通じる扉を開けてわたしを外へ促した。

「あとはわしとぬしが手に手を取り合って出奔するだけだ。ゆくぞぬしよ」

「え、え?」

そんな簡単なことなの?

なんか狐につままれたような気分になりながら、わたしはナギの背について扉をくぐろうとした。

か細いあの声が聞こえた。

『……いかないで』

空間が揺らいだ。

目の前の風景がぐんにゃりとゆがみ、ゆがんだ端が帯となってわたしたちにむかって襲い掛かってきたのだ。

わたしを袖でかばったナギが、腕を振るえば霊力が走りその帯は散っていった。

一歩二歩下がって部屋に戻れば帯は追ってこなかったけど、今度は、夜だったはずの窓の外が一気に朝になり、昼になり、また夜になり、明るくなったり暗くなったりを繰り返しだす。

時間が巻き戻されているのだ、と、直感的にわかった。

壁も床も調度品もまじりあい、じっと見ていれば気持ちが悪くなりそうな世界にくらくらしながらナギを振り仰いだ。

「ナギ、どういうこと！　あれが正解じゃなかったの!?」

「ふむ、わしがひたすらメイドさんを眺めるために屋敷を徘徊しておったのが気にくわなかったのかもしれぬ」

「そんなことしてたんかい！」

「冗談だ。……旦那様とやらがどうにも煮え切らぬ人物だったらしくての、お蜜もだいぶ心を疑っておったようだ。お蜜が去った後にこの部屋で首を吊って命を絶つくらいであれば、手を取り合って駆け落ちでもすればよいと思ったのだがの。また別の要素が必要なのかの」

「首吊りっ……と、とりあえず旦那様って地位のある人だったんでしょ？　当主とかそういうことなら出奔なんて出来ないし、する必要もないんじゃない!?」

「おう、それもそうかの。だが、お蜜も病を患っておったで、共にいるのも些細な時間であっただろうに。それくらいかまわぬと思うがのう」

なんかとてつもなく重要なことを言われた気がするぞ!?

と絶句している間に、ナギはひょいと腕を振るった。

強烈な霊力が走った瞬間、空間がたわみ、声ならぬ悲鳴が響く。

「また時間を戻されてとらわれてはかなわぬでの。とっとと倒して帰ろうぞ」

「待って! さっきのお願いするまでは合っていたみたいなんだから、もうちょっと考えよう!?」

「だがのう、こうなってしまえば巻き戻ってしまうだけであるし、どうやらわしらを逃がしたくないようだぞ」

それでも渋々と手をおろしたナギが心変わりする前に、わたしは必死に頭をフル回転させた。

ええと、とりあえず旦那様に助けを求める、までは合っていた。

だけどわたしたちが部屋を出ていこうとしたら、阻むみたいに帯が伸びてきて、時間が巻き戻り始めた。

部屋を出ていくことは違うんだ。とすると、この部屋に何かがある。

考えろ、わたし。

お蜜さんはどうやら働き者だったらしい。

部屋の中は埃一つないし、机も調度品も綺麗に磨かれている。

もしかしたらそれは、この部屋の主に愛情があったからこそかもしれない。

でも何かが原因で、離れざるを得なかった。

昔の時代の人は、身分差にうるさかったときく。控えめな女性だったとしたら、自ら身を引くというのは考えられるだろう。病で命が長くないというならなおさら。

何も言わずにいなくなったのは、きっと大事な人をよけいに悲しませないためだ。

でも、それでも抑えきれない想いを密かに残していたとしたら？

気づいて欲しくなくても、気づいて欲しいと思っていたとしたら？

「ナギ、その旦那様って外国の人だったんだよね、青い瞳の！」

「おう」

それだけ確認したわたしは、ぱんっと両手を打って、ハリセンを引き出した。

まずは目的の場所に行けるようにしなきゃいけない！

「やあ！」

気合いを込めて振り抜けば、まじりあう空間が裂けた。

見えた書斎の窓の向こうは夜だ。

大丈夫だ、きっと間に合う。

「ナギっこっち！」

ナギの手を握って、わたしは黒のスカートと白いエプロンを翻して駆け出した。

また混じりかけたらハリセンを一閃して流れを切り、目指すのは続き部屋の寝室だ。

扉を蹴破るようにあければ、わたしが知っているよりもずっと綺麗で、落ち着いた調度品に囲まれた寝室だった。

その中央には天蓋もそのままのベッドが鎮座していた。

急いで靴を脱いでベッドに飛び乗れば、スカートがふんわりと広がった。

思ったよりもずっとベッドマットが柔らかくて進みづらかったけど、目的の天蓋の飾りにたどり着き、そのドレープを探る。

「ぬしよ、いきなり寝台にあがるとは主人と使用人の禁断の戯れでもやろうというのかの」

ナギの困ったような声に、自分が人様のベッドに勝手にあがっていることを思い出したわたしは真っ赤になって振り向いた。

「ち、違うからっ。これ、これを探していたの！」

慌ててナギににじりよって、手に握ったものを差し出す。

「む、青いハンカチかの」

「そう！　現世《うつしよ》で見つけてたの」

現世では暗くてわからなかった色合いは、ここも夜のはずなのに、ぼうっと浮かび上がるように目の覚めるような青とわかり、さらにそこに書かれている文字も見えた。

筆で書いたのかもしれない。とてもゆがんでいたけれど、単純な文字列だったから、わたしでも読めた。

To the one I love. 意味は、わたしの好きな人へ。

「離れても、旦那様を愛してるってお蜜さんの心を旦那様に伝えたかったんだね」

つたない英字は旦那様に教えてもらっていたのだろう。

もしかしたらこのハンカチは旦那様にもらったものだったのかも。

持って行けば未練になるから、それに想いを託した。

それなのに、想いがすぐそばにあると知らずに、旦那様はこの部屋で亡くなったのだ。

これは想像でしかない。

でも、なんてつらいんだろう。なんて悲しいんだろう。

いつの間にか、わたしの目の前にぼうっと女の人が浮かんでいた。

似たような黒いワンピースに簡素な白いエプロンをつけた女性は、ひたりとわたしを見つめている。

じわりとにじんだ涙をぬぐう。

泣くのは後だ。

わたしは、放り投げていたハリセンを握ると、目の前のその妖に語りかけた。

「二人はいないけど、見つけたよ。だからもう、終わりにしよう」

ナギが見守る中、わたしはハリセンの先を、ハンカチと、ベッドに向けて優しく振り下ろした。

まばゆいばかりの光があふれ出し、世界が崩れていく。

ほう、と安堵の息が聞こえた気がした。

☆

「ほんとびっくりしたんだから！　依夜が急にいなくなっちゃって、みんなで屋敷じゅう捜し回ってさ。全然見つからないから警察に連絡しようとした寸前に、あのベッドに寝てるんだもん！」

「心配かけてごめんね。全然覚えてなくて。気がついたらあそこにいたんだ」

「ほんと怪奇現象が起きちゃうなんてすごいけど、やっぱり怖かったよ。あの後みんな怖くなってすぐ帰ることになったし。でもよかった、依夜がすぐに目を覚まして」

それはもう気合いでした、とわたしはお菓子を摘む弓子に乾いた笑いを返す。

あの肝試しから数日後の今日、心配した弓子はわたしの家に来てくれていた。

隠世から出たわたしはさてどうしようと考えたのだけど、部屋の外から弓子たちの捜す声が聞こえてきて慌てて浄衣を脱いだのだ。

案の定強烈な眠気がやってきたけど、今の状況で寝たら完全病院コースで本家に連絡が行ってしまうかもしれないと、根性で起きていた。

すごいタイミングがきわどかったけど、ばれてはいないようだ、とほっとする。

だけど……

「でも、依夜を見つける前にね、ハリセン持ったメイドさんの後ろ姿をみたんだよ！　写真はぶれてたんだけど、ちょっとは写ってるし、ほかの子もみたから間違いない。コス娘はちゃんといる！」

……どうやらだいぶ時間の流れが違った上に、あのぐんにゃり空間の時に現世とちょっとつながっていたらしくて、この屋敷のいろんなところでわたしのメイド姿が目撃されていたのだ。

例の屋敷の中で撮った写真を見せてくれる弓子はきらっきらしてる。

きらっきらしてる（泣）。

「もしかしたら依夜のこともコス娘が助けてくれたのかもねー！」

「そ、そうかもね……」

「ふふふこれからもっと集めるぞー！　おー！」

全力で拳を突き上げる弓子にわたしはひきつり笑いを浮かべるしかなかった。


弓子が帰った後、すぐさま出てきてのんびりし始めるナギに、わたしは問いかけた。

「あれって、あの屋敷自体が付喪神《つくもがみ》化していたってことなのかな」

「おそらくの。屋敷自体が移築されたという話であれば百年は下らぬゆえ、ハンカチに宿った女の念を糧に意思を持ったのだろう」

「そっか」

わたしは少ししんみりした気持ちで膝を抱えた。

あの屋敷は、あそこで起きた出来事の全部を見てきたのか。

お蜜さんと旦那様のすれ違いを一番よく知っているのに、声も届かない気持ちはどんなものだったのだろう。

だから、せめて誰かにそういう人たちがいた、と知ってもらいたかった。

自分がいると知ってもらいたかった。

それが、ナギで、わたしだったのだろう。

知ってもらえた今、あの妖は静かに眠るのだろうと、そんな気がした。

「ねえ、ナギ」

「なんだ、ぬしよ」

「あの時、起きてしまったことは変えられないんだから記憶を変えようとするなんて意味がない、みたいなこと言ったけどさ。それでも、思い返すのは意味なくないじゃないんじゃないかな」

不思議そうな顔で振り向くナギに、何となく言葉をついだ。

「うまく言えないけど、昔の自分を今の自分が思い返せば、記憶は変えられなくても、気持ちは変えられる、かもとか」

よくわからないまま続けたら、ほんとによくわからなくなって、中途半端に消えた。

でも、なんとなく切り捨ててしまうのは寂しい気がしたのだ。

急に恥ずかしくなって膝に顔を埋めたら、その頭に大きな手が乗ってなでくり回された。

「ほんにぬしはかわゆいのう」

「きゅ、急になによ!?」

「わしは今が楽しゅうてならぬでな。よいのだよ」

抗議を込めて顔を上げれば、ナギがひどく柔らかい笑みを浮かべていて、そんな表情をしていると、ナギって本当に綺麗な顔をしているのだなと、とっさに声が出なかった。

「だが、ぬしのメイドさんの愛らしさを考えれば、古きものにも良さがあることは事実だ。久々に往年の魔法少女アニメを見直してみようかの！」

だけどそんな表情は一瞬で、すぐにいつもの顔に戻ってパソコンに向き直ったナギの残念っぷりにげんなりした。

「やっぱりそれなのね……」

「ぬしのメイドさんっぷりは、監修したわしでもほれぼれするほど完璧であった。ただ残念なのは、実際に台所仕事やら家事仕事をしている姿が見れなんだところだのう。そうだぬしよ、ボンネットに隠された髪をほどく無防備さも見てみたいゆえ、部屋着にしてみぬか？」

「絶対しません!!」

ちょっとは自重して欲しいと思いつつ、今日もわたしは全力で拒否をしたのだった。

あとがき

はじめまして、道草家守です。

このたびは『神薙少女は普通でいたい』をお手に取っていただきまして、まことにありがとうございます。

え、初めてじゃないよ、という方もいらっしゃる？

更に更にありがとうございます（深々）。

今回もあとがきから読まれている方がいらっしゃることを考慮して、ネタバレ成分は含まれておりませんので、ご安心を。


まずは何からお話ししましょうか。

そうですね、私のことを同レーベルから出版されております『ドラゴンさんは友達が欲しい！』で知ったよーという方がいらっしゃいましたら、ちょっと驚くかもしれません。

……前より厚くない？　そこじゃありませんからね!?（涙目）

こほん。今回の物語は、現代を舞台にしております。

お世話になっています「小説家になろう」に投稿してきた物語も、ファンタジーばかりだったりしますが、作者自身は、実はそれほど違いを感じていなかったりします。

『人外恋愛譚』に挿入されている、『豆腐屋「紅葉」繁盛記』も現代の妖怪達のお話でしたし。

あ、ご存じない？　珠玉の作者さんたちによって綴られた、様々な人あらざる者たちとの恋愛が一冊にぎゅぎゅぎゅっと詰め込まれておりますよ！　ぜひご一読を！（ダイレクトマーケティング）

話は戻しまして、私は人外と称される人あらざるものが大好きで、妖怪や怪異などもその守備範囲に含まれたりします。

もちろん可愛い女の子も、可愛い洋服も和服も巫女さんも！

好きなものを詰め込みまくるのが私の書く原動力なので、今回もそんな大好きな人外と、女の子と、可愛い服に、更に和風を詰め込んでみました（ええ、和モノも大好きなのです！）。

その結果、「かわいい女の子が変態式神に可愛い服を着せられて恥ずかしがりながら覆面退魔業にいそしむ」物語になりましたとさ。

……なんでこんなことになったのでしょう？（首傾げ）

連載中から「うわあ、変態だあ……」言われるほどの変態ヒーローです。

あ、引かないで！　ちゃんとやるときはやるヒトですから!!

それなのに「書籍化しましょう？」と仰った編集さんに慄然といたしましたが、可愛い衣装を着た依夜が見られるのです。うなずかないわけないでしょう!?

表紙を見ていただければ、それは間違いではなかったと確信しております。

作者にも謎なひねりが加わった今作ですが、主人公の依夜が（主に変態式神）からの理不尽にさらされながらも頑張る姿に、あとかわいさに！　癒されて頂ければ幸いです。

最後に謝辞を。

編集長さん、編集の古里さん、多方面で本当にお世話になりました。

ほんっっとうにお世話になりました！（深々）

今回イラストを担当してくださったマニャ子先生には、イラストが来るたびに萌え殺されました。

想像以上のかわいさ妖艶さに、見てしばらく呼吸困難に陥りました。

そして、相談に乗ってくれた友人たちに。励ましてくださったからこそ、こうしてこの物語を書くことができました。

読者さんや、Twitterで「面白いよ！」と声をかけていただいたことに、どんなに励まされたかわかりません。

何より、この本を手に取って下さったあなたに感謝を捧げます。

この物語が、あなたの心の栄養になりましたら幸いです。


……実はこの物語、一巻で終わっていなかったりいたします。

（まだ依夜に着せたい服が両手では足りないほどあるのです！）

もし叶うのであれば、二巻でお会いいたしましょう。

ほころぶ梅の香りを楽しみながら

道草家守

『神薙少女は普通でいたい』
表紙＆挿絵を
描かせて頂きました。
イラストレーターのマニャ子と申します！
色んなコスチュームが描けて
楽しかったです！
2巻も
楽しみです～！！＆
よろしくお願い
いたします！
マニャ子

EARTH STAR NOVEL

神薙少女は普通でいたい　壱

発行 ―――― 2017年2月15日　初版第1刷発行

著者 ―――― 道草家守

イラストレーター ―――― マニャ子

装丁デザイン ―――― 舘山一大

発行者 ―――― 幕内和博

編集 ―――― 古里 学

発行所 ―――― 株式会社 アース・スター エンターテイメント
〒107-0052　東京都港区赤坂 2-14-5
Daiwa 赤坂ビル 5F
TEL：03-5561-7630
FAX：03-5561-7632
http://www.es-novel.jp/

発売所 ―――― 株式会社 泰文堂
〒108-0075　東京都港区港南 2-16-8
ストーリア品川 17F
TEL：03-6712-0333

印刷・製本 ―――― 図書印刷株式会社

JASRAC 許諾 1701083-701 号

ISBN 978-4-8030-0999-6